중학생 독후감 세계문학 73

논술 대비

중학생이 보는

GEORGE ORWELL GEORGE ORWELL

동물 농장

조지 오웰 지음 · 김기혁(전 고려대 교수)옮김
성낙수(한국교원대 교수) · 임현옥(부여여고 교사) · 이승후(경주 감포중 교사) 엮음

좋은 책 좋은 독자를 만드는—
(주)신원문화사

책 머리에 ••

　더 이상 언급할 필요도 없지만 요즘은 독서의 중요성이 더욱 강조되는 시대입니다. 첨단과학으로 이루어진 대중매체 덕분에 눈으로 읽는 것보다는 말초신경을 자극하는 동영상 쪽으로 관심이 모아지는 데 대한 우려 때문일 것입니다. 꿈과 희망을 가지고 자라나는 학생들에게는 올바른 사고력과 분별력을 키워주어야 합니다. 그런 점에서 다른 사람들의 생각과 철학, 인생관과 세계관이 들어 있는 명작들을 많이 읽는 것이야말로 바람직한 학습 효과를 거둘 수 있는 지름길이라 생각합니다.

　명작은 오랜 세월에 걸쳐 많은 사람들이 읽고 크게 감동을 받은 인정된 작품들로서, 청소년들의 삶에 지침이 되어 주고 인생관에 변화를 주게 될 것입니다.

　이번에 중학생들에게 꼭 읽히고 싶은 명작들을 선정하여, 작품을 바르게 감상하고 독후감을 쓰는 데 도움을 주고자 이 시리즈를 기획하게 되었습니다. 작품들은 동서고금에 걸쳐 객관적으로 인정받은, 훌륭한 대상만을 선정하였습니다. 그리고 책의 구성을 다음과 같이 하여, 읽고 쓰는 데 도움이 되도록 하였습니다.

　하나, 삶에 대한 지혜와 용기를 주고 중학생이라면 꼭 읽어야 할 명작만을 골랐습니다.

　둘, 명작을 읽고 난 후의 솔직한 느낌을 논리적 · 체계적으로 쓸 수 있도록 중학생들의 독후감 작성에 따르는 부담을 덜어 주도록 구성하였습니다.

　셋, 작품 알고 들어가기, 내용 훑어보기, 작품 분석하기, 등장인물 알기를 통해 작품을 분석하는 힘을 기를 수 있도록 하였습니다.

　넷, 작가 들여다보기, 시대와 연관짓기, 작품 토론하기 등을 통해 작가의 일생을 알고 시대의 흐름을 파악하여 상상력과 창의력을 키워 주도록 하였습니다.

　다섯, 독후감 예시하기와 독후감 제대로 쓰기에서는 책을 읽는 방법과 독후감 모범 답안 실례를 제시함으로써 문장력을 길러주는 한편 독후감 쓰기의 충실한 길라잡이가 되도록 했습니다.

　아무쪼록 이 책들이 중학생들의 학습 능력 향상에 큰 도움이 되길 빌어 마지 않습니다.

엮은이 성 낙 수

차 례

중학생이 보는

GEORGE ORWELL GEORGE ORWELL

동물 농장

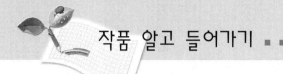

　농장의 주인이 잠든 시간, 동물들이 우리에 모여 회의를 합니다. 동물들은 아무리 열심히 일해도 자신들의 달걀, 우유, 그리고 논밭을 일구느라 흘린 땀방울 대신 돌아오는 것은 얼마 안 되는 사료뿐이라는 것에 모두들 분노합니다. 동물들은 생각합니다. 인간에게 더 이상 빼앗기지 않고 자신들이 거두어들인 것들을 공평하게 분배하고 누린다면 얼마나 멋진 세상이 될까 하고 말이죠.

　영국의 작가 조지 오웰이 1945년에 발표한 정치 풍자 소설인 《동물 농장》은, 전 세계가 사회주의와 민주주의로 나뉘어 팽팽하게 체제 경쟁을 벌이던 시기에 발표되었습니다.

　농장의 주인인 존스 씨를 몰아내고 동물들이 자유를 얻은 사건은 1917년 러시아에서 일어났던 볼셰비키 혁명에 빗대어 전개되고 있습니다. 동물들의 봉기를 주장했던 늙은 수퇘지 메이저는 마르크스로 비유되며, 봉기 후 독재정치를 펼친 돼지 나폴레옹의 모습은 스탈린을 절묘하게 풍자하고 있습니다.

처음 이 소설이 출간되었을 당시, 세계의 많은 민주주의 국가들이 이 작품을 반공 교재로 삼을 만큼 열렬한 환영을 받았지만 정작 이 글을 쓴 조지 오웰은 민주주의와 사회주의를 비교할 목적이 아닌 전체주의를 경계하기 위해 이 글을 썼다고 합니다.

그 사상이 어떠하든 유토피아를 건설하겠다는 인간들의 이상향은 언제나 쉽게 퇴색되어 버리고, 지배층의 악습을 새로운 지배층이 답습해 가는 어리석은 인간들의 모습을 동물 세계를 통해 날카롭게 비판하려고 했던 것이었죠.

자, 그럼 우리의 모습이기도 한 동물들이 엮어가는 슬픈 우화 한 편을 함께 읽어 볼까요.

동물 농장

1

매너 농장의 존스 씨는 분명히 닭장의 문을 잠갔다. 그러나 너무 술에 취해서 작은 출입문 닫는 일을 잊어버렸다. 그의 손에 들린 램프는 비틀거리는 발걸음에 맞추어 정신없이 흔들렸다. 뜰을 가로질러 걸어온 존스 씨는 뒷문에 이르자 아무렇게나 장화를 벗어 던지고, 부엌 술통에서 맥주 한 잔을 마지막으로 더 들이켜고는 아내가 한참 코를 골고 있는 침대로 기어 올라갔다.

침실의 불이 꺼지기가 무섭게 농장 건물 전체에서 부산하게 동요가 일었다. '미들 화이트 상'을 받은 늙은 수퇘지 메이저가 전날 밤 해괴한 꿈을 꾸었는데, 다른 동물들에게 그 이야기를 해주고 싶다는 전갈이 낮 동안 농장에 돌았기 때문이었다. 모두들 존스 씨가 침실로 물러가기만 하면 큰 헛간에 모이자고 벌써부터 약속을 해두었다. 메이저 영감(품평회에 출품되었을 때의 이름이 윌링톤 뷰티였음에도 불구하고 모두들 이렇게 불렀다)은 농장에서 가장 존경을 받고 있는 인사였기 때문에 누구든지 그의 말을 듣기 위해 한 시간 정도의 수면 시간을 기꺼이 포기하는 분위기였다.

큰 헛간의 한쪽 끝에 높다랗게 쌓아 올려진 연단에는 메이저가 편안한 자세로 이미 자리 잡고 앉아 있었고, 대들보에 매단 전등이 그의 머리 위에 걸려 있었다. 그는 열두 살이 되면서부터 볼품없이 비대해졌지만 여전히 위풍당당한 돼지였고, 한 번도 송곳니를 자른 적이 없었지만 현명하고 인자한 외모를 지니고 있었다.

차례차례 다른 동물들이 모여들어 제각기 나름대로 편안하게 자리를 잡기 시작했다. 맨 먼저 들어온 세 마리의 개 블루벨, 제시, 핀처와 뒤따라 들어온 돼지들이 연단 바로 앞에 깔린 짚더미에 앉았다. 암탉들은 창살을 발판 삼아 올라앉았고, 비둘기들은 푸드득거리며 서까래 위로 올라갔다. 양과 암소들은 돼지 뒤에 엎드려 되새김질을 시작했다.

짐마차 말인 복서와 클로버가 함께 들어왔다. 그들은 짚 속에 혹시 작은 동물이 있지 않을까 몹시 조심하면서 조심스럽게 발걸음을 옮긴 후 털이 많고 넓찍한 발굽을 굽혀 앉았다. 클로버로 말하자면 중년기에 접어든 뚱뚱하고 인자한 암말로, 네 번째 출산을 하고 난 후로는 예전과 같은 모습으로 돌아오지 않고 있다. 복서는 키가 거의 열여덟 뼘에 이르는 거구로서, 보통 말 두 마리의 힘을 합친 만큼의 장사였다. 코 밑으로 난 흰 줄무늬 때문에 어딘

11

지 어리숙하게 보였지만 솔직히 그의 지능이 그리 탁월하지 못한 건 사실이었다. 하지만 지조 있는 성격과 무시무시한 힘 덕분에 모두에게 존경을 받았다.

그 뒤를 이어 흰 염소 뮤리엘과 당나귀 벤자민이 도착했다. 이 농장에서 나이가 가장 많은 벤자민은 성질이 고약하기로 유명했다. 그는 말수가 매우 적었지만 어쩌다 입을 열기 시작하면 십중팔구 비아냥거리기 십상이었다. 예를 들면, 하느님이 파리를 쫓으라고 자신에게 꼬리를 창조해 주셨지만, 애당초 꼬리도 파리도 없었더라면 좋았을 거라고 말하는 식이었다.

농장의 수많은 동물 중 유독 벤자민만이 웃지를 않았다. 그에게 그 이유를 물으면 언제나 "웃을 일이 없어서"라는 대답만 돌아올 뿐이었다. 그런 독불장군인 그도 복서에게만은 다른 이들이 눈치채지 못하게 정을 주어, 가끔 일요일이면 과수원 저편의 작은 목장에서 단둘이 풀을 뜯어먹으며 조용히 함께 시간을 보내기도 했다.

두 마리의 말이 막 자리를 잡자, 어미를 여읜 새끼 오리 한 떼가 헛간으로 몰려들어 가냘프게 꽥꽥거리면서 자신들이 밟히지 않을 곳을 찾느라고 우왕좌왕했다. 클로버가 그 커다란 앞다리로 벽처럼 둥글게 자리를 만들어 주자 새끼 오리들은 그 안으로 들어와 곧 잠이 들었다.

끝으로 존스 씨의 마차를 끄는 멍청하지만 예쁘게 생긴 흰 암말 몰리가 설탕을 우물거리면서 갖은 교태를 부리며 등장했다. 그녀는 앞줄 가까이에 자리를 잡고, 갈기에 땋아 늘인 붉은 리본에 모두의 시선을 집중시키려고 머리를 흔들어 대기 시작했다.

제일 마지막으로 고양이가 들어와 언제나처럼 가장 따뜻한 곳을 찾아 주위를 돌아보더니 복서와 클로버 사이를 비집고 들어갔다. 그녀는 메이저가 하는 말에는 한마디도 귀를 기울이지 않고 그저 연설 자체에 만족한 듯 그렁거렸다.

뒷문 위의 횃대에서 잠든, 길든 갈까마귀 모제스를 제외하고는 동물들이 이제 모두 모였다. 그들이 편안히 자리를 잡고 주의 깊게 연설이 시작되길 기다리는 것을 보자 메이저는 목소리를 가다듬어 일장 연설을 시작했다.

"동무들! 어젯밤 내가 이상야릇한 꿈을 꾸었다는 말은 이미 들었을 것이오. 하지만 그 꿈 이야기는 나중에 하겠소. 우선 나는 조금 다른 이야기를 먼저 하려 하오.

동무들! 나는 이제 여러분과 그리 오래 있을 수 없소. 그러므로 내가 죽기 전에 이제껏 습득한 지혜를 여러분에게 전수해 주는 것이 내 본분이라고 생각하오. 나는 꽤 오랫동안 살았소. 우리에 홀로 누워 있을 때는 많은 시간을 명상하는 데 할애했지. 그래서 나는, 현존하고 있는 어떤 동물 못지않게 이 지구상의 삶의 본질을 이해하게 되었다고 말할 수 있을 것 같소. 내가 여러분에게 말하려는 것은 바로 이 점에 관한 것이올시다.

자 그렇다면 동무들, 우리의 삶의 본질은 무엇이겠소? 우리 모두 정확히 진실을 꿰뚫어 봅시다. 우리의 삶이란 비참하고 고되며 게다가 매우 짧소이다. 우리는 세상에 나와서 겨우 목숨을 유지할 만큼의 먹이만을 얻어먹고, 일할 수 있는 자는 누구라도 마지막 젖 먹던 힘까지 짜내서 일하도록 강요당하고 있소. 그러다가 우리가 쓸모가 없게 되면 가차 없이 도살장으로 끌려가 최후를 맞게 되오. 한 살 이상인 영국의 동물치고 행복이라든가 여가라는 단어의 뜻을 아는 자는 하나도 없을 것이오. 영국의 동물들은 자유가 없소이다. 동물의 생애란 비참한 노예 생활이 전부요. 이것은 아주 명백한 사실이오.

그런데 이것이 단순히 자연의 섭리일까요? 우리가 살고 있는 이 땅이 비옥하지 못해서 여기에 있는 우리에게 바람직한 생활을 할 여유를 주지 못하기 때문일까요? 모두 아니오. 동무들, 천만에 말씀이오. 영국의 땅은 기름진데다가 날씨도 좋아서 지금 살고 있는 수보다 훨씬 더 많은 동물들에게 풍부한 식량을 나눠줄 수 있소이다. 우리 농장만 하더라도 열두 마리의 말, 스무 마리의 암소, 수백 마리의 양을 먹여 살릴 수 있소. 여기에 모인 우리 모두가 상상할 수 없을 만큼, 편안하고 품위 있게 살 수 있을 것이오. 그런데 우리는 왜 이 처참한 상태에 머물러 있어야만 합니까? 우리가 애써 노동해서 생산한 것의 대부분을 인간들이 빼앗아가기 때문이오.

동무들! 이제 우리의 모든 문제에 대한 해답이 나왔소. 그것은 바로 인간이오. 우리의 유일한 적인 인간을 축출해 버립시다. 그러면 기아와 과로의 근본 원인이 영원히 사라져 버릴 것이오.

인간은 생산도 없이 소비만 하는 유일한 동물이오. 그들은 젖도 생산해 내지 못하고 알도 못 낳을 뿐 아니라 허약해서 쟁기도 끌지 못하며, 토끼를 잡을 만큼 날렵하지도 못하오. 그런데 우습게도 모든 동물의 주인 노릇을 합니다. 그들은 동물들에게 일을 시키고 굶어 죽지 않을 만큼의 먹이를 줄 뿐, 그 나머지는 자신들을 위해서 축적해 둡니다. 우리의 노동력으로 땅을 갈고 그 땅을 우리의 똥으로 기름지게 하고 있소. 그럼에도 우리는 겨우 자신의 가죽 이외에는 남은 것이라곤 없는 실정이오. 내 앞에 있는 암소 여러분, 지난 한 해 동안 몇 천 갤런의 우유를 짜냈습니까? 송아지를 튼튼하게 키우는 데 사용해야 했을 그 우유가 어찌 되었는지 아시오? 한 방울도 남김없이 우리 적들의 목구멍으로 넘어가 버리고 말았습니다. 그리고 암탉 여러분, 당신들은 지난해에 많은 알을 낳았는데 그중 병아리로 부화한 것이 몇 마리나 됩니까? 대부분의 알들은 존스 씨와 그 식구들에게 돈을 벌어 주기 위해 시장으로 팔려 나갔소. 아참, 그리고 클로버, 훗날 당신을 부양하고 기쁨을 안겨 줄 네 마리의 망아지는 어디로 갔단 말이오? 모두가 한 살이 채 되기도 전에 팔려 갔소. 아마도 당신은 그 아이들은 영원히 보지 못할 것이오. 네 차례의 산고와, 들판에서의 온갖 노역에 대한 대가라고는 보잘것없는 여물과 마구간 이외에 무엇이 있단 말이오?

그리고 이 비참한 생애마저 인간 때문에 제명에 죽지도 못합니다. 난 그래도 운이 좋은 축에 끼니까 불만은 없소. 다행히 열두

동물 농장

15

해를 살아왔고, 자식도 삼백 마리 이상 낳았으니까요. 이런 것이 돼지가 누릴 자연스런 생애입니다. 그렇지만 대부분의 동물들은 도살장의 칼을 면하지 못합니다. 내 앞에 앉아 있는 어린 돼지 새끼들, 이들은 한 마리도 남김없이 일 년 안에 비명을 지르며 도살장에서 죽어갈 것이 분명합니다. 우리 모두가 그런 운명에서 벗어날 수는 없소. 암소도, 돼지도, 닭도, 양도 말이오. 말이나 개라고 해서 더 좋은 운명을 타고난 것은 아니오.

복서, 당신도 그 건장한 근육이 힘을 잃어버릴 바로 그날 존스 씨가 폐마 도살업자에게 팔아 버릴 것이오. 그러면 그는 당신 목을 잘라 사냥개의 밥으로 던져줄 것이오. 그럼, 개는 어떨까요? 늙어서 이가 빠져 버리면 존스 씨는 그들 목에 벽돌을 매달아 가장 가까운 연못에 빠뜨려 죽일 것이오.

동무들! 이처럼 우리 삶의 모든 비참함은 인간의 횡포에서 생겨나는 것입니다. 이 모든 재앙은 인간을 제거해야만 벗어날 수 있소이다. 그러면 자연히 우리가 피땀 흘린 노동의 산물은 고스란히 우리의 몫이 될 것이오. 하룻밤이 채 지나기 전에 우리는 풍요롭고도 자유로운 삶을 되찾을 수 있소.

그렇다면 우리는 무엇을 해야 할까요? 전 인류를 멸망시키기 위해서 가지고 있는 모든 힘을 다해 밤낮으로 노력하는 것, 바로 이것뿐입니다! '봉기!' 내가 여러분에게, 동무들에게 전하고자 하는 것은 바로 이 말입니다! 일주일 뒤의 일일지, 백 년 후의 일일지, 나는 그 봉기가 언제 시작될지 알지 못합니다. 그러나 나는 내 발 밑의 짚자리를 두 눈으로 보듯 틀림없이 정의가 실현되리라는 것을 확신합니다. 동무들, 비록 짧은 여생이지만 바로 여기에 시선을 고정시킵시오! 그리고 무엇보다도, 나의 이 요지를 여러분 뒤를 이을 후손들에게 전해서 미래의 세대가 투쟁을 계속 수행하여 승리로 이끌도록 합시다.

동물 농장

그리고 동무들, 여러분의 결단이 흔들리지 않도록 해야 한다는 것을 기억해 두십시오. 여러분은 어떠한 논쟁에도 현혹되어서는 안 됩니다. 인간과 동물들은 공동의 목적을 지니고 있다든가, 한쪽의 번영이 곧 다른 한쪽의 번영이라고 말하더라도 그 말에 절대 귀를 기울이지 마십시오. 그건 허무맹랑한 거짓이니까요. 인간이란 자기 자신 이외에는 어떤 동물의 이익을 위해서도 봉사하지 않습니다. 우리 동물들은 투쟁을 위해 굳은 단합과 철저한 동지애를 이룩할 때입니다. 모든 인간은 적입니다. 반면에 모든 동물들은 동지들입니다."

그때 갑자기 한쪽 구석에서 엄청난 소동이 일어났다. 메이저가 일장 연설을 하는 도중 큰 쥐 네 마리가 구멍에서 기어 나와 엉덩이를 곧추세우고 그의 말을 듣고 있었다. 쥐를 발견한 개는 사납게 달려들었다. 쥐들은 날쌔게 구멍 속으로 숨어들어 가까스로 목숨을 건졌다. 메이저가 발을 들어 조용하라고 주의를 주었다.

"동무들!"

메이저가 다시 말을 이었다.

"여기 결정해야 할 문제가 있소. 쥐와 토끼 같은 야생 동물들은 우리 친구입니까, 적입니까? 이에 대해 투표를 합시다. 나는 이 문제를 이 모임에서 결정할 것을 제안하오. 쥐는 동지일까요?"

투표는 곧 실시되었는데, 압도적인 표 차이로 쥐는 동지로 결정되었다. 반대는 겨우 네 표였다. 즉, 세 마리의 개와 고양이였는데, 고양이는 찬반 양쪽에 전부 투표를 했다는 사실이 뒤늦게 밝혀졌다. 메이저의 이야기는 계속되었다.

"나는 더 이상 할 말이 없소. 다만 한 번 더 강조하고 싶은 것은, 인간과 그들의 모든 행실에 대해 적개심을 품는 것이 여러분의 의무라는 것을 언제나 명심하도록 하십시오. 두 다리로 걷는 것은 무엇이든 적이요, 네 다리로 다니는 것, 날개를 가진 것은 무엇이든 우리의 친구입니다. 그리고 또 하나 명심할 것은 인간과의 투쟁에서 우리는 그들을 본받아서는 안 된다는 것이오. 여러분이 그들을 정복한 후일지라도 그들의 악덕을 받아들여서는 안 됩니다. 동물은 집에서 산다거나, 침대에서 잠을 자거나, 옷을 입거나, 술을 마시거나, 담배를 피우거나, 돈을 만지거나, 더 나아가 장사를 한다든가 해서는 안 된다는 말입니다. 인간의 모든 습성은 악덕에 속하는 겁니다. 그리고 무엇보다도 지켜야 할 것은 그 어떤 동물이든 같은 동물을 탄압해서는 안 된다는 것이오. 약하든 강하든, 총명하든 우둔하든, 우리는 모두 형제들입니다. 어떤 동물도 어느 다른 동물을 살해해서는 안 됩니다. 모든 동물은 평등하니까요.

자, 그러면 동무들, 어젯밤에 꾼 꿈 이야기를 하겠소. 나는 여러분에게 그 꿈을 자세히 묘사해 줄 수는 없소이다. 그것은 인간이 사라지고 난 뒤에 있을 지상에 관한 꿈이었소. 그러나 그 꿈은 내가 오랫동안 잊고 있었던 무엇인가를 새삼 상기시켜 주었소. 내가 어린 돼지였을 때의 일이오. 몇 년 전, 내 어머니와 다른 암퇘지들은 멜로디와 첫 세 마디 가사만을 겨우 아는 옛날 노래를 곧잘 부르곤 했지요. 그런데 시간이 흐르면서 그 노래가 머릿속에서 사라져 버렸소. 그런데 어젯밤 내 꿈속에서 그 노래가 되살아났소. 그리고 더욱 놀라운 건 그 노래의 가사까지 전부 생생히 기억났다는 것이오. 분명히, 오래 전에 동물들이 불렀지만 수세대가 흐르는 동안 기억에서 아련하게 사라졌던 가사가 말이오. 동무들, 이제 그 노래를 불러 보겠소. 나는 나이를 먹어 목소리가 거칠지만 여러분이 이 곡조를 배우면 나보다 더 잘 부를 수 있을 것이오. 노래의 이름은 '영국의 동물들'이오."

동물 농장

메이저 영감이 목청을 가다듬어 노래를 부르기 시작했다. 그가 말한 대로 음성은 거칠었으나 썩 잘 불렀다. 그리고 그 노래는 '클레멘타인'과 '라쿠카라차'와 어딘가 비슷한 느낌의 감동적인 곡이었다. 가사는 다음와 같았다.

영국의 동물들아, 아일랜드 동물들아
온 누리에 사는 동물들아
이제 찾아올 황금 시절에 관한
내 즐거운 소식 귀 기울여 들어라.

조만간 그날이 올지니
폭군 인간은 전복되고
영국의 풍요한 들판에는
오직 동물만이 활보하리라.

굴레가 코에서 사라지리라
멍에는 등에서 벗겨지리라
재갈과 박차는 영원히 녹슬고
잔인한 회초리 소리는 더 이상 없으리.

마음에 그려 보지도 못한 풍요가
밀과 보리, 귀리와 건초가
토끼풀, 콩, 근대들이
그날로 전부 우리 것이 되리라.

영국의 들판은 찬란히 빛나리라
강물도 더욱더 맑아지리라
미풍도 한결 감미롭게 불리라
우리가 해방되는 바로 그날에.

그날 위해 우리 모두 일해야 하리라
사슬이 풀리기 전 죽을지라도,

소와 말, 오리와 칠면조
모두가 자유를 위해 힘써 일하리라.

영국의 동물들아, 아일랜드 동물들아
온 누리에 사는 동물들아
이제 찾아올 황금 시절에 관한
내 즐거운 소식 귀 기울여 들어라.

동물 농장

이 노래를 부르니 동물들은 야성적인 흥분의 도가니에 휩싸이게 되었다. 메이저의 노래가 채 끝나기도 전에 그들은 스스로 그 노래를 부르기 시작했다. 아무리 우둔한 동물일지라도 이미 곡조와 몇 마디 가사를 외웠고 돼지나 개처럼 영리한 동물들은 몇 분도 되지 않아 그 노래 전부를 익히게 되었다. 그러고는 몇 번 연습을 한 후에 농장 전체가 떠나갈 듯 엄청나게 큰 목소리로 '영국의 동물들'을 제창했다. 암소들은 음매음매, 개들은 멍멍멍멍, 양들은 매애매애, 말들은 히이잉히이잉, 오리는 꽥꽥꽥꽥 노래를 불렀다. 그들은 그 노래가 너무나 마음에 들었던 나머지 다섯 번이나 연거푸 불렀는데, 방해만 받지 않았다면 아마 밤새껏 계속해서 노래를 불렀을 것이다.

이 소란으로 불행히도 존스 씨가 잠을 깼다. 그는 우리 안에 여우가 들어온 줄 알고 놀라 침대에서 벌떡 일어났다. 그러고는 침대 모퉁이에 세워 둔 총을 잡고 어둠 속으로 총을 발사했다. 탄환은 헛간 벽에 박혔고 회동은 순식간에 해산되었다. 모두가 제 잠자리로 도망쳐 버렸다. 새들은 횃대 위로 날아갔고, 다른 동물들은 짚 속으로 기어들었다. 농장은 곧 깊은 잠에 빠져 들었다.

2

사흘 밤 뒤에 메이저 영감은 잠을 자다가 평화롭게 숨을 거두었다. 그의 시신은 과수원 기슭에 매장되었다.

이 일은 삼월 초에 있었다. 그 후 석 달 동안 극히 비밀스럽게 활동이 전개되었다. 메이저 영감의 연설은 이 농장의 제법 영리한 동물들에게 새로운 삶의 지표를 제시해 주었다. 그들은 메이저 영감이 예언한 '봉기'가 언제 시작될지 알지 못했으며, 나아가 그들이 살아 있는 동안 그 일이 일어날 거라는 아무런 조짐조차 느끼지 못했다. 그러나 그 봉기를 준비하는 것이 자신들의 의무라는 것만큼은 모두들 확실히 인식하고 있었다.

다른 동물들을 가르치고 조직하는 일은 당연히 동물들 가운데 총명하다고 널리 정평이 나 있는 돼지들한테 돌아갔다. 돼지 중에도 가장 뛰어난 놈은 존스 씨가 팔아먹기 위해 사육하고 있는 스노우볼과 나폴레옹이란 두 마리의 어린 수퇘지였다. 나폴레옹은 몸집이 크고 다소 사납게 보이는, 이 농장에서는 유일한 버크셔 종 수퇘지였다. 말주변은 없지만 반드시 자기 생각을 관철시

킨다는 평판이 나 있었다.

스노우볼은 나폴레옹보다 더 쾌활하고 달변가일 뿐만 아니라 창의력 또한 우수했지만 나폴레옹보다 진지한 맛이 모자랐다. 농장에 있는 다른 수퇘지들은 모두 식용 돼지들이었다. 그중 가장 유명한 놈은 스퀴러란 이름을 가진 작달막하고 뚱뚱한 돼지로, 뺨은 둥그스레하고 눈동자는 반짝거리며 행동은 민첩하고 목소리는 날카로웠다. 그는 재기발랄한 웅변가였다. 다소 어려운 문제를 토의할 때면 이리저리 껑충거리며 꼬리를 휘두르곤 했는데, 바로 이것이 꽤 설득력이 있게 보였다. 다른 동물들은 스퀴러라면 검은 것을 흰 것으로 바꾸어 놓을 수도 있을 거라고 입을 모아 칭찬했다.

이 세 돼지는 메이저 영감의 가르침을 완벽한 사상 체계로 주도면밀하게 만들어 놓고서 거기다 동물주의란 이름을 붙였다. 존스 씨가 잠든 뒤, 한 주에도 몇 번씩 그들은 헛간에서 비밀리에 모임을 가지며 동료들에게 동물주의의 원리를 가르쳤다.

처음 그들이 회동할 때에는 다른 동물들의 우둔함과 냉담함에 부딪혀야 했다. 어떤 동물은 자신들이 '주인님'이라고 생각하는 존스 씨를 위해 충성을 다해야 한다고 말하고, "존스 씨가 우리를 먹여 살리고 있소. 만일 그가 없다면 우리는 굶어 죽을 거요"와 같은 유치한 말을 지껄이기도 했다. 또 어떤 동물은, "우리가 죽은 다음에 일어날 일을 왜 지금 걱정해야 한단 말이오?", "우리가 원하든 원하지 않든 어차피 일어날 봉기라면 우리가 그것을 위해 노력하나 안 하나 무슨 차이가 있다는 겁니까?" 하는 따위의 질문도 했다. 그러면 세 마리의 돼지는 목에 힘을 주고 그런 말은 동물주의 정신에 위배되는 것이라고 그들을 설득시켰다.

여러 의문에 찬 질문 중 가장 바보 같은 것은 흰 암말인 몰리의 질문이었다. 그녀가 스노우볼에게 물어본 그 첫 질문이란 "봉기 후에도 설탕은 여전히 있을까요?"라는 것이었다.

"없소."

스노우볼이 단호하게 대답했다.

"이 농장에서는 설탕을 만들 수가 없소. 게다가 설탕은 당신에게 필요 없을 것이오. 당신은 당신이 원하는 귀리와 건초를 실컷 먹게 될 것이오."

몰리가 물었다.

"그러면 그때도 내 갈기에 리본을 매어도 괜찮을까요?"

스노우볼이 대답했다.

"동무! 당신이 그처럼 소중히 여기는 그 리본들은 노예의 상징에 지나지 않소. 당신은 자유가 리본보다 더 값진 것이라는 것을 이해할 수 없단 말이오?"

몰리는 그의 말에 일단 수긍했지만 별로 확신에 찬 얼굴은 아니었다.

돼지들은 길들여진 갈까마귀 모제스가 퍼뜨린 헛소문을 해명하느라 더욱 악전고투를 벌이고 있었다. 존스 씨가 각별히 귀여워하는 애완 동물인 모제스는 첩자에다가 고자질쟁이이기도 했다.

그러나 모두 그의 설득력 있는 말솜씨를 인정했다. 그는 모든 동물이 죽어서 가게 되는 '얼음사탕 산' 이란 신비한 나라의 존재를 알고 있다고 떠벌렸다. 그의 말에 따르면 하늘 높은 곳에 자리 잡은 그곳은, 일주일이 모두 일요일이고 토끼풀이 사시사철 자랄 뿐만 아니라 울타리에는 덩어리 설탕과 박하사탕이 열린다고 했다. 동물들은 수다만 떨고 일은 하지 않는 모제스를 싫어했지만 몇몇 동물들은 정말로 '얼음사탕 산' 의 존재를 믿었다. 그래서 동물주의를 주장하는 돼지들은 그런 곳은 절대로 없다고 동물들을 설득시키느라 진땀을 빼야 했다.

돼지들의 가장 충성스러운 제자는 짐마차를 끄는 말 복서와 클로버였다. 이들은 자신들 스스로 생각을 정리하는 데는 전혀 능력이 없었다. 그러나 돼지를 스승으로 삼은 뒤부터 전해들은 모든 지식들과 말을 무엇이든 잘 소화했고, 나아가 이것을 잘 정리해서 다른 동물들에게 전할 정도로 발전했다. 그들은 헛간에서 열리는 비밀 회합에 빠짐없이 참석했으며, 회합이 끝날 때에는 '영국의 동물들' 을 늘 선창하곤 했다.

이런 저런 사정이 있다고는 하지만 봉기는 모두가 예상했던 것보다 훨씬 빨리, 그리고 수월하게 진행될 분위기였다.

지난 몇 년 동안 존스 씨는, 비록 동물들을 거칠게 다루긴 했지만 유능한 농부임에는 틀림없다. 그러나 근래에 와서 그는 매우 힘든 처지에 놓여 있었다. 그는 소송 사건으로 돈을 많이 허비한 뒤 매우 의기소침해 있었다. 며칠 동안 주방에 있는 윈저 의자에 맥없이 축 늘어져 신문을 뒤적이고 술을 마시며 가끔 맥주를 적신 빵 껍질을 모제스에게 먹이며 지냈다. 일꾼들은 게으르고 정직하지 못해서, 들에는 잡초가 무성히 자랐고 건물 지붕은 물이 샜으며 울타리는 허물어진 채로 내버려져 있었다. 게다가 동물들에게 제때 먹이를 주지도 않았다.

　유월이 되어 건초를 베어야만 했다. 세례 요한의 축제일 전날은 공교롭게 토요일이어서 존스 씨는 윌링턴으로 외출을 나갔다가 레드 라이온 술집에서 술을 너무 많이 마셔 일요일 점심때가 지나서야 겨우 집으로 돌아왔다. 일꾼들은 이른 아침 암소 젖을 짜낸 뒤, 토끼 사냥을 나갔기 때문에 동물들은 아침 식사를 하지 못했다. 존스 씨는 집에 오자마자 응접실 소파에서 누워《세계 뉴스》지로 얼굴을 가리고 곧 잠이 들어 버렸다. 그래서 저녁때까지 동물들은 배를 곯아야 했다. 마침내 동물들은 인내의 한계에 다다랐다. 암소 한 마리가 뿔로 곳간 문을 부수고 들어가자, 동물들이 모두 곡물 부대에 머리를 처박고 게걸스럽게 먹어 대기 시작했다. 바로 그때 존스 씨가 잠을 깼다. 그와 일꾼 넷은 곳간 안으로 들어와서 채찍을 마구 휘둘렀다. 이 소행은 굶주린 동물들에게는 도저히 견딜 수 없는 일이었다. 그들은 이전에 눈곱만큼도 계획을 하지 않았지만 일사불란하게 자신들의 박해자들을 향해 덤벼들었다. 존스 씨와 그의 일꾼들은 느닷없이 사방으로부터 나아온 뿔에 받히고 발길에 차였다. 사태는 걷잡을 수 없이 커졌다. 그들은 동물들이 이렇게 행패를 부리는 것을 태어나 한 번도 본

적이 없었다. 그들이 하고 싶은 대로 채찍질을 하고 혹사시켜도 괜찮던 짐승들이, 이처럼 갑자기 난동을 부리자 반쯤 넋이 나간 상태였다. 잠시 후 그들은 대항하려 들지도 않고 줄행랑을 쳤다. 일 분 후쯤 그들은 의기양양하게 추격하는 동물들에게 쫓겨 큰길로 통하는 마찻길로 허둥지둥 도망치고 말았다.

존스 부인은 침실 창문으로 밖을 내다보다가 사태의 위급함을 알아차렸다. 그래서 몇 가지 소지품을 황급히 여행용 가방에 챙겨 넣고는 다른 길로 농장을 빠져 나갔다. 모제스가 횃대에서 펄쩍 뛰어서 그녀를 따라 날면서 까악까악 크게 울부짖었다. 한편 동물들은 존스 씨와 그의 일꾼들을 농장에서 쫓아 내몰고서 다섯 개의 빗장이 달린 출입문을 꽝 닫아 버렸다. 이렇게 자신들도 무슨 일이 일어났는지 알아차리지 못할 만큼 '봉기'는 순식간에 성공적으로 이루어졌다. 존스 씨를 추방시키고나자 매너 농장은 이제 그들의 것이 되었다.

처음 몇 분 동안 동물들은 자신들의 행운이 전혀 믿기지 않는다는 표정들이었다. 이 농장 어디에도 인간이란 존재가 없다는 것을 확인하려는 듯, 그들은 모두가 한 몸뚱이처럼 어울려 농장 경계선을 뛰어다녔다. 그런 다음 그들은 농장 건물로 돌아와서 가증스러운 존스 씨의 통치 흔적을 조금도 남김없이 닦아 없애기 시작했다. 마구간 끝에 있는 광이 부서져 열렸다. 재갈, 코뚜레, 개사슬, 그리고 존스 씨가 돼지와 양을 거세하는 데에 사용했던 잔인한 칼 따위는 모두 우물에 던져졌다. 고삐, 굴레, 눈가리개,

그리고 여물 망태는 뜰에서 활활 타고 있는 화염 속으로 사라졌다. 채찍도 마찬가지 처지가 되었다. 동물들은 채찍이 화염에 싸이자 모두 기뻐 희희낙락했다. 스노우볼은 장날이 되면 으레 말 갈기와 꼬리 치장에 사용했던 리본을 불 속에 던져 버렸다.

"리본이란……."

그가 입을 열었다.

"인간의 상징인 옷과 똑같은 물건입니다. 동물이라면 누구든 옷을 입어서는 안 됩니다."

복서는 이 말을 듣자, 여름이 되면 귓전에 몰려드는 파리를 막기 위해 썼던 조그마한 밀짚모자를 가져와 다른 것들과 함께 불 속에 던져 넣었다.

눈 깜짝할 사이에 동물들은, 존스 씨를 상기시켜 줄 그 어떤 것도 남기지 않고 모조리 불 속에 집어 넣었다. 그런 다음 나폴레옹은 모두를 곳간으로 데리고 가서 각자에게 정량보다 두 배의 옥수수를, 그리고 개에게는 비스킷 두 개씩을 나누어 주었다. 음식을 먹은 후 모두 입을 모아 '영국의 동물들'을 처음부터 끝까지 일곱 번이나 연달아 합창했다. 그 후 흩어져 잠자리에 들어간 그들은 생전 맛보지 못한 단잠을 잤다.

그러나 모두들 새벽이 되자 평상시처럼 잠에서 깨어났다. 그리고는 문득 어제 있었던 영광스러운 일을 돌이켜 생각하면서 떼를 지어 목장으로 몰려 나갔다. 목장 약간 아래쪽에는 농장 전체가 거의 다 내려다보이는 둔덕이 있었다. 동물들은 둔덕 꼭대기로 몰려가 햇빛 찬연한 아침 햇살을 받으며 사방을 둘러보았다. 그렇다, 사방에 보이는 모든 것이 그들의 것이다! 그런 황홀한 생각에 젖어 그들은 이리저리 뛰어다녔고, 흥분에 도취되어 공중으로 펄쩍펄쩍 뛰며 즐거워했다. 그들은 이슬 위로 뒹굴며 달콤한 여름 풀을 한입 가득씩 뜯어먹고, 검은 흙덩이를 발로 일구며 그 구수한 냄새를 맡기도 했다. 그리고는 그 농장 전체를 한 바퀴 돌면서 이루 헤아릴 수 없는 감탄에 젖어 곡물 밭, 풀밭, 과수원, 연못, 그리고 잡목 숲을 둘러보았다. 이는 마치 한 번도 보지 못했던 광경 같았으며, 그때까지도 그것이 모두 자기들의 것이라는 사실을 믿을 수가 없었다.

이윽고 그들은 줄지어 농장 건물로 되돌아가서 건물 문 밖에 조용히 멈추어 섰다. 이것 또한 그들의 것이었다. 그러나 안으로 들어가기가 두려웠다. 하지만 잠시 후에 스노우볼과 나폴레옹이 어깨로 문을 들이받아 열자, 동물들은 무엇 하나라도 몸에 닿아 부서질까 무척 조심스레 걸으면서 일렬로 들어갔다. 그들은 소곤거리는 것 이상으로 말소리를 내지 않도록 주의하면서, 발끝으로 이 방 저 방 다니며 믿을 수 없을 정도의 화려한 사치품들, 즉 깃털 이불로 덮인 침대, 거울, 말털 소파, 브뤼셀 융단, 응접실 벽난로 위에 걸린 빅토리아 여왕의 석판화 등을 일종의 경외감을 품은 채 구경했다. 그들은 층계를 내려오면서 몰리가 없어졌다는 사실을 깨달았다. 그들은 되돌아가서 가장 멋진 침실에 누워 있는 몰리를 발견했다. 그녀는 존스 부인의 옷장에서 푸른 리본을 꺼내 어깨에 걸치고는 더없이 멍청한 표정으로 거울에 비친 자신의 모습에 감탄하고 있었다. 다른 동물들은 그녀를 혹독하게 비난하고 밖으로 나왔다. 주방에 걸려 있는 약간의 햄을 가지고 나와 땅에 파묻었다. 그리고 취사대에 있는 맥주통은 복서가 발로 차서 구멍을 내놓았다. 그 외의 집 안의 물건은 전혀 손대지 않았다. 즉석에서 이 농가를 박물관으로 보존하자는 것이 만장일치로 결정되었다. 어떤 동물이든 여기에서 살아서는 안 된다고 모두 의견을 모았다.

동물들이 아침 식사를 마치자 스노우볼과 나폴레옹이 그들을 다시 불러 집합시켰다.

"동무들!"

스노우볼이 입을 열었다.

"지금 시각은 여섯 시 반입니다. 우리 앞에는 하루의 긴긴 해가 놓여 있소. 오늘 우리는 건초를 거두어들여야 합니다. 그렇지만 우선 유의해야 할 일이 하나 있소이다."

돼지들은 지난 석 달 동안 존스 씨의 자식들이 쓰다가 쓰레기통에 버린 낡은 철자 교본을 가지고, 읽고 쓰는 법을 익혀 왔다고 이제야 밝혔다. 나폴레옹은 검은 색과 흰 색 페인트 통을 가져오라고 해서 큰 길로 통하는, 빗장이 다섯이나 달린 문으로 모든 동물을 데리고 갔다. 스노우볼이 (글씨를 제일 잘 쓰는 자는 스노우볼이었으므로) 두 앞다리 사이에 붓을 끼우고 문짝 맨 위에 적힌 '매너 농장'을 페인트로 지워 없앤 후에 그 자리에다 '동물 농장'

이라고 썼다. 이것이 이제부터 부르게 될 농장의 새 이름인 것이다. 이 일을 마치자 그들은 농장 건물로 되돌아왔다. 스노우볼과 나폴레옹은 큰 창고 벽 끝에 세워두었던 사다리를 가져오도록 했다. 그들은, 지난 석 달 동안 연구한 끝에 그들이 동물주의의 원칙을 '칠계명'으로 요약해서 바꾸어 놓은 데에 성공했다고 했다. 그리고 이 칠계명이 벽에 씌어질 것이며, 동물 농장의 모든 동물들은 이것을 앞으로 영원히 지키며 살아야 할 불변의 법칙으로 알아야 한다는 것이었다.

스노우볼은 약간 애를 먹으면서 (돼지가 사다리에 올라 균형을 잡기란 쉬운 일이 아니기 때문에) 기어 올라가 작업을 시작했고, 스퀴러가 그 아래 몇 계단 밑에 서서 페인트 통을 들고 있었다. 계명은 삼십 야드 떨어진 곳에서도 읽을 수 있을 만큼 크고 흰 글자로 타르를 칠한 벽 위에 씌어졌다. 그 내용은 다음과 같다.

1. 두 다리로 걷는 자는 누구든 우리의 적이다.
2. 네 다리로 걷는 자, 또는 날개를 가진 자는 누구든 우리의 친구다.
3. 어떤 동물도 의복을 입어서는 안 된다.
4. 어떤 동물도 침대에서 취침을 해서는 안 된다.
5. 어떤 동물도 음주를 해서는 안 된다.
6. 어떤 동물도 다른 동물을 살해해서는 안 된다.
7. 모든 동물은 평등하다.

이는 매우 산뜻하게 씌어졌다. 'friend'(친구)가 'freind'로 씌어졌고 'S'자 하나가 거꾸로 씌어진 것 외에 모든 철자는 정확했다. 스노우볼은 다른 동물들을 위해서 큰 소리로 읽어 주었다. 동물들은 모두 고개를 끄덕이며 완전히 동의했다. 좀 더 현명한 동물들은 즉석에서 계명을 외우기 시작했다.

"자, 동무들."

스노우볼이 페인트 붓을 밑으로 내던지면서 말했다.

"건초밭으로 갑시다! 우리는 명예를 걸고서 존스 씨와 그의 일꾼들보다 더 빨리 거두어들이도록 합시다."

그러나 이 순간, 얼마 전부터 불편해 보이던 암소 세 마리가 큰 소리를 내며 울었다. 그들은 꼬박 하루 동안 우유를 짜내지 않았기 때문에 그들의 젖통은 거의 터질 지경이었다. 돼지들은 머리를 맞대고 잠시 의논한 뒤, 양동이를 가져오라고 하여 젖을 꽤 훌륭히 짜 주었다. 이 일을 하는 데에는 돼지의 네 다리가 가장 안성맞춤이었다. 곧 거품이 이는 크림 같은 우유가 다섯 양동이에 가득 찼다. 많은 동물들은 매우 흥미진진한 표정으로 그 우유를 바라보았다.

누군가가 물었다.

"그 우유를 모두 어떻게 할 겁니까?"

암탉 한 마리가 대답을 했다.

"존스 씨가 우리 먹이에 그 우유를 가끔 섞어 주기도 했지요."

32

"우유에 신경 쓰지 마시오. 동무들!"

나폴레옹이 양동이 앞에 서서 소리를 질렀다.

"그것은 잘 처리될 것이오. 수확이 더 중요합니다. 스노우볼 동무가 인도할 것이오. 나는 몇 분 내에 뒤따라가겠소. 동무들, 모두들 앞으로 전진하시오! 건초가 기다리고 있소."

그리하여 동물들은 건초를 거두어들이기 위해 풀밭으로 행진해 나아갔고, 저녁에 돌아왔을 때 그들은 우유가 사라져 버린 것을 알게 되었다.

3

건초를 거두어들이기 위해 그들은 많은 땀을 흘리며 애써야 했다. 그들의 노력은 헛되지 않았다. 수확이 그들이 기대했던 것보다 훨씬 더 성공적이었기 때문이다.

때론 일이 힘들기도 했다. 농기구란 인간이 사용하도록 고안된 것이지, 동물을 위한 것은 아니었다. 뒷다리로 서야만 쓸 수 있게 되어 있는 도구는 모두가 동물들이 사용할 수 없는 것들뿐이었다. 이것이야말로 그들에게 크나큰 장애물이었다. 그러나 돼지들은 지극히 영리해서 난관에 부딪힐 때마다 해결 방법을 모색해 냈다. 말의 경우만을 보더라도, 그들은 밭 구석구석을 훤히 알고 있어서 풀을 베고 모으는 일은 사실 존스 씨와 그의 일꾼들보다 훨씬 잘 했다.

돼지들은 직접 나서지 않고 다른 동물들을 지휘 감독하기만 했다. 뛰어난 두뇌를 갖고 있기 때문에 그들이 통솔권을 장악해야 한다는 논리는 당연했다. 복서와 클로버는 제초기나 써레를 스스로 몸에 매고 (물론 이제 재갈이나 고삐가 필요 없었다) 경우에 따라 "이랴, 동무!" 또는 "워, 동무!" 등과 같은 말을 외치며 뒤따르는 돼지와 함께 여기저기 들판을 돌아다녔다. 그리고 제일 나약한 동물들을 포함해서 모든 동물들이 건초를 뒤집고 거두어들이는 일에 참여했다. 오리와 암탉마저 하루 종일 햇빛 속을 이리저리 다니며 부리로 건초를 집어 날랐다. 마침내 그들은 존스 씨와 그의 일꾼들의 작업 시간보다 이틀이나 빨리 수확을 끝내 버렸다. 게다가 그 수확량은 이 농장에서 전에 보지 못한 가장 많은 수확이었다. 낭비라고는 전혀 찾아볼 수 없었다. 암탉과 오리가 그 예리한 눈초리로 티끌 하나 버리지 않고 모았던 것이다. 더 나아가 농장에 있는 어느 동물도 단 한 입조차 곡물을 훔쳐 먹지 않았다.

그해 여름, 농장의 일은 시계처럼 정확히 진행되었다. 동물들은 상상도 해본 적이 없는 행복감에 젖었다. 한입 한입 먹는 음식마다 짜릿하게 가슴 벅찬 즐거움이었다. 인색하기 그지없는 주인이 조금씩 나누어 주는 먹이가 아니라, 그들 스스로를 위해 자력으로 생산한 자신들의 음식이었기 때문이다. 쓸모없이 동물들에게 기생하던 인간들이 사라지자 동물 각자가 먹을 식량은 더 많아졌다. 비록 동물들이 유용하게 활용하지는 못할지라도 여가 시간 역시 더욱 늘어났다. 하지만 그들은 여러 가지 난관에 봉착했다.

예를 들면, 가을이 깊어 곡식을 거두어들였을 때, 농장에는 탈곡기가 없기 때문에 그들은 곡식을 옛날 방식대로 일일이 발로 밟아 털고 후후 불어 껍질을 날려 버려야 했다. 그러나 지혜로운 돼지와 건장한 근육을 지닌 복서가 이런 곤경을 항상 뚫고 헤쳐 나아갔다. 복서는 모든 동물들이 부러워하는 감탄의 대상이었다. 그는 존스 씨가 있던 시절에도 성실한 일꾼이었지만 지금은 그가 한 마리의 말이 아니라 세 마리의 말처럼 보였다. 농장의 모든 일이 그의 힘센 어깨에 달려 있는 듯한 날도 자주 있었다. 아침부터 밤까지 그는 가장 힘이 많이 드는 곳에서 늘 밀며 당기며 일을 했다. 그는 아침에 다른 동물들보다 반 시간 일찍 자기를 깨워 달라고 수탉 한 마리에게 부탁했다. 그리고 정규 일과 시간이 시작되기 전에 가장 자신의 손길이 필요하다고 생각되는 곳에 자발적으로 나아가서 일을 하곤 했다. 문제가 있을 때나, 곤경에 처할 때마다 그의 대답은 "내가 좀 더 일을 하지!"라는 말이었다. 그리고 그는 이것을 자신의 좌우명으로 삼았다.

각 동물들은 자신의 능력에 따라 일을 했다. 예를 들면 암탉과 오리는 흩어진 이삭을 긁어모아 수확량을 열 말 정도 증가시켰다. 어느 누구도 도둑질 따위는 하지 않았고, 아무도 자기에게 돌아오는 배급량에 투덜거리지 않았다. 예전 같았으면 흔히 볼 수 있었던 싸우고 물고 질투하는 눈꼴사나운 모습들도 거의 사라져 버렸다. 누구도, 아니 거의 그 누구도 게으름을 피우지 않았다. 단지 몰리가 아침 일찍 일어나는데 비협조적이고, 자기 발굽에 돌이 끼었다는 핑계를 내세워 일찌감치 작업을 그만두는 일과, 고양이의 모습이 조금 수상적다는 것 외에는 말이다. 좀 더 자세히 설명하자면 고양이는 자신이 해야 할 일이 있을 때면 몇 시간 동안 줄곧 모습을 보이지 않다가 식사 시간이 되거나 일이 끝난 저녁에 아무 일도 없었다는 듯이 뻔뻔스런 표정으로 다시 그들 앞에 나타났다. 그러나 그녀는 언제나 그럴듯한 구실을 꾸며 댔다. 또한 무척이나 다정하게 아양을 떨었기 때문에 그녀의 선의를 의심할 수가 없었다.

당나귀인 벤자민 영감은 '봉기'가 있은 이후로도 전혀 변한 것 같지 않았다. 그는 게으름을 피우지도, 그렇다고 다른 일을 자진해서 맡지도 않으면서 존스 씨가 있던 시절과 다름없이 느릿느릿, 완고한 태도로 일에 임했다. '봉기'라든가 그 결과에 대해서 그는 아무런 의견도 표명하지 않았다. 존스 씨가 사라졌으니 더욱 행복하지 않느냐고 질문을 받으면 그는 으레 "당나귀는 명이 길지요. 당신들 중에 누구도 죽은 당나귀를 보지는 못했을 거요."라고만 대답했다. 그러면 다른 동물들은 이 수수께끼 같은 대답에 그저 고개를 끄덕일 뿐이었다.

일요일은 모두가 쉬는 날이었다. 아침은 평상시보다 한 시간 늦게 먹었다. 식사가 끝나면 어김없이 매주 거행되는 의식이 시작되었다. 먼저 깃발이 올라간다. 스노우볼이 마구간에서 존스 부인이 쓰던 닳아빠진 초록색 식탁보를 찾아내서 거기에다 흰색으로 발굽과 뿔을 그려 놓은 물건이었다. 이것이 매주 일요일 아침이면 농장 정원에 있는 게양대에 걸렸다. 스노우볼의 설명에 따르면, 이 기의 초록색은 영국의 푸른 들판을 나타내며, 발굽과 뿔은 인류가 마침내 멸망했을 때 이룩될 미래의 '동물 공화국'을 상징한다는 것이었다. 게양이 끝나면 모든 동물들은 '회합'으로 일컬어지는 총회를 하러 큰 헛간으로 줄지어 들어갔다. 이곳에서 다음 주의 작업이 계획되고 갖가지 결의안이 제안, 토의되었다. 결의안을 제출하는 동물은 말할 것도 없이 돼지들이었다. 다른 동물들은 투표하는 방법은 익힐 수 있었지만 자신의 주장을 내세울 만한 지능이 없었다. 스노우볼과 나폴레옹은 그 모임에 가장 적극적이었다. 그러나 이들 둘의 의견이 일치한 적은 한 번도 없었다. 둘 중 하나가 무엇이든 제안을 하면 다른 하나는 반드시 거기에 반대했기 때문이었다. 과수원 뒤의 작은 목장을 일할 수 없게 된 늙은 동물들을 위한 휴양소로 만들자는 것이 결정—그 자체에는 아무도 반대할 수 없는 일이었다—되었을 때도, 동물들의 제각기 다른 은퇴 연령을 두고 열띤 토론이 벌어졌다. '회합'은 언제나 '영국의 동물들'을 제창함으로써 끝이 났고 오후는 오락 시간으로 정해져 있었다.

돼지들은 마구간을 그들의 본거지로 삼았다. 저녁이 되면 그곳에서 농장 집에서 가져온 책을 통해 대장간일, 목공일, 나아가 여러 필요한 기술을 연구했다.

스노우볼은 또 다른 동물들을 그 자신이 명명한 '동물 위원회'로 조직하는 일에 여념이 없었다. 그는 이 일에 지칠 줄 모르는 집념을 지니고 있었다. 그는 독서반을 만들었다. 그 외에도 암탉에게는 '계란 생산 위원회', 암소들에게는 '청결 동맹', '야생 동물 재교육 위원회'(이는 쥐와 토끼를 길들일 목적이었다), 양들에게는 '순백모 운동' 등 다양한 위원회를 조직했다. 하지만 전반적으로 이런 계획들은 실패로 돌아갔다. 예를 들어, 야생 동물들을 길들이려는 시도는 시행 초기부터 깨져 버렸다. 그들은 계속 전과 똑같이 행동을 했다. 관대하게 대우를 받으면 다만 이를 이용할 뿐이었다. 고양이는 이 '재교육 위원회'에 참가한 며칠 동안은 매우 적극적이었다. 그녀는 어느 날 지붕 위에 앉아 손이 미치지 못하는 곳에 있는 참새들과 이야기를 나누었다. 그녀는 모든 동물들이 이제 동무가 되었으니 원한다면 어느 참새라도 날아와서 자기 발등에 앉을 수 있다고 말을 걸었다. 그러나 참새들은 어느 누구도 가까이 다가오지 않았다.

그렇지만 독서반은 큰 성공을 거두었다. 가을이 되었을 때 농장의 거의 모든 동물들은 어느 정도 글을 읽을 수 있게 되었다.

돼지들이야 이미 완벽하게 읽고 쓸 수 있었고, 개들 또한 매우 열심히 공부했으나, 칠계명 외의 다른 것을 읽는 데에는 전혀 흥미가 없어 보였다. 염소인 뮤리엘은 개보다 좀 더 능숙하게 읽을 수 있었다. 때로는 쓰레기더미에서 주운 신문 쪽지를 저녁 식사

후 다른 동물들에게 읽어 주기도 했다. 벤자민은 어떤 돼지보다
도 잘 읽을 수 있었지만 그 실력을 결코 뽐내지 않았다. 적어도
그가 알고 있는 것 중에 읽을 만한 가치가 있는 글이 전혀 없다는
이유에서였다. 클로버는 알파벳 전부를 배웠다. 그러나 단어를
조합해 사용하는 방법은 몰랐다. 복서는 D자 이상을 넘어가지 못
했다. 그는 큼직한 발굽으로 흙에다 A, B, C, D를 쓰고서 귀를
뒤로 축 늘어뜨리고 때로는 앞머리를 흔들면서 글자를 뚫어지게
바라보곤 했다. 그리고는 온갖 힘을 다해 그 다음 것을 기억해 내
려고 애썼지만 끝내 알아내지 못했다. 실제로 그는 여러 차례 E,
F, G, H를 배웠지만 이 글자들을 익히게 될 무렵에는 벌써 이전
에 배운 A, B, C, D를 잊고 있다는 사실이 밝혀졌다. 마침내 그
는 처음 네 글자만으로 만족하기로 마음먹고 그것들을 기억하기
위해 하루에도 한두 차례 그 글자들만 써 보곤 했다. 몰리는 자기
이름을 이루고 있는 여섯 개의 알파벳 이외에는 전혀 관심이 없
어 보였다. 그녀는 작은 나뭇가지로 말쑥하게 자기 이름을 만들
어 놓고서 꽃 한두 송이로 그걸 장식한 다음 그 주위를 빙빙 돌면
서 감탄사를 연발했다.

동물농장

　그 밖의 다른 동물들은 A자 이상 한 걸음도 나아가지 못했다.
뿐만 아니라 양, 암탉, 오리 같은 조금 지능이 떨어지는 동물들은
칠계명을 외울 수 없음이 판명되었다. 한동안 고심하던 스노우볼
은 다음과 같은 선언을 했다. 즉, 칠계명은 '네 다리는 좋고 두 다
리는 나쁘다' 라는 한 마디의 격언으로 훌륭히 정리했다. 이 격언

에는 동물주의의 기본 원칙이 내포되어 있다고 그는 덧붙여 말했다. 이 말을 충분히 이해한 자는 누구든지 인간의 영향으로부터 벗어날 것이라고 설득하기도 했다. 새들은 자신들도 다리가 둘이라고 반박하며 이에 반대 성명을 발표했지만, 스노우볼은 그것이 잘못된 주장임을 그들에게 입증해 주었다.

"동무들, 새의 날개란 말이오."

그는 말을 이었다.

"추진 기관이지 조작 기관이 아니란 말이오. 따라서 그건 다리로 간주되어야 하오. 인간만이 갖는 특징은 모든 악덕을 자행하는 도구인 '손'이란 말입니다."

새들은 스노우볼의 장황한 연설을 이해하지 못했지만 그의 설명을 받아들였다. 그래서 아둔한 동물들은 모두 이 격언을 암기하기 시작했다. 헛간 한쪽의 칠계명이 적혀진 벽 위에 '네 다리는 좋고 두 다리는 나쁘다'를 이보다 큰 글씨로 써 놓았다. 그들이 이를 일단 외우게 되자 양들은 이 격언을 마음에 들어 했다. 그들은 들판에 누워 있을 때면 너도 나도, '네 다리는 좋고 두 다리는 나쁘다! 네 다리는 좋고 두 다리는 나쁘다!'를 음매음매 외쳤는데, 몇 시간이고 지칠 줄 모르고 계속 되풀이했다.

나폴레옹은 스노우볼이 조직한 위원회에 아무런 관심도 표하지 않았다. 그는 어린 것들에게 시키는 교육이 이미 다 큰 것들을 위해 행해지는 어떤 일보다 더 중요하다고 주장했다.

제시와 블루벨은 건초를 거두어들인 직후에 새끼를 낳았다. 그리하여 양쪽을 합해 튼튼한 강아지 아홉 마리가 생겼다. 강아지들이 젖을 떼자마자 나폴레옹은 그들의 교육을 자신이 책임지겠노라고 말하면서 어미에게서 전부 빼앗아 갔다. 그는 마구간에서 사다리로만 올라갈 수 있는 다락에 그들을 올려놓고 은밀히 숨겨두었기 때문에 나머지 농장 동물들은 곧 그들의 존재를 잊어버리고 말았다.

우유가 어디로 없어졌는가 하는 수수께끼는 곧 풀렸다. 그것은 돼지들의 먹이 속에 섞였다.

사과가 막 익기 시작했으며, 그것이 바람에 떨어져 과수원 풀밭 여기저기 흩어져 있었다. 동물들은 당연히 이 사과가 배분될 것으로 생각했다. 그렇지만 어느 날, 떨어진 사과들을 모두 주워 모아서 돼지들이 먹도록 마구간으로 가져오라는 명령이 떨어졌다. 몇몇 다른 동물들이 이것을 두고 투덜거렸지만 아무런 소용도 없었다. 돼지들은 모두 이 점에 만장일치로 합의를 본 것이었다. 스노우볼과 나폴레옹까지도 말이다. 스퀴러가 다른 동물들에게 적절한 설명을 해주도록 파견되었다.

"동무들!"

그는 외쳤다.

"나는 여러분이 우리 돼지가 이기심과 특권 의식을 지녀 이렇게 하는 게 아닌가 하는 의심의 눈초리를 거두어주길 바랍니다. 사실 우리 대부분은 우유와 사과를 별로 좋아하지 않소. 나 역시 그런 걸 좋아하지 않아요. 하지만 이러한 것들을 먹는 이유는 우리의 건강을 위해서요. 우유와 사과는 (동무들, 이것은 영양학적으로 증명되었소만) 돼지의 건강에 절대적으로 필요한 영양분을 지니고 있소. 우리 돼지들로 말하면 두뇌 노동자올시다. 이 농장의 모든 경영과 조직은 우리에게 달려 있습니다. 낮이나 밤이나 우리는 여러분의 복지를 위해 머리를 맞대고 있소. 우리들이 그 우유를 마시고 사과를 먹는 건 오직 '당신'들을 위해서란 말입니다. 우리 돼지가 우리에게 부여된 의무를 이행하지 못한다면 어떤 일이 일어날지 여러분은 추측이나 하겠습니까? 존스 녀석이 언젠가는 돌아올 것이오! 그렇습니다, 존스는 반드시 돌아옵니다! 틀림없어요, 동무들."

스퀴러는 이리저리 뛰기도 하고 꼬리를 흔들기도 하면서 수선을 피우며 애걸하는 거나 다름없이 외쳤다.

"분명히 여러분 중에 존스가 돌아오기를 원하는 자는 아무도 없을 것이오."

자, 이러고 보니 동물들이 철두철미하게 확신하는 것은 다름아닌 존스 씨가 돌아오지 않기를 바라는 것이었다.

그들은 어느 누구도 돼지를 비난할 수가 없었다. 돼지들의 건강을 유지시키는 것은 너무나 당연한 얘기였다. 결국 우유와 떨어진 사과(그리고 다 익었을 때 거두어들일 많은 사과도)를 돼지들만을 위해 따로 비축해 두어야 한다는 안건은 더 이상의 논쟁 없이 의회에서 통과되었다.

4

늦은 여름 무렵, 동물 농장에서 일어난 사건에 관한 소식이 군내에 널리 퍼졌다. 스노우볼과 나폴레옹은 매일 비둘기를 이웃 농장에 날려 보냈다. 거기 있는 동물들과 어울려 놀며 '봉기'에 관한 이야기를 해주고 '영국의 동물들' 노래를 가르쳐 주라는 지령과 함께 말이다.

그 사이 존스 씨는 대부분의 시간을 윌링톤에 있는 레드 라이온이라는 술집에서 보냈다. 자기가 당한 엄청난 불의를 들어주는 사람이면 누구에게나, 보잘것없는 한 패거리의 동물들에 의해서자기 소유지에서 쫓겨난 것에 대해 불평을 털어놓았다. 다른 농부들은 그에게 동정을 표했지만 처음에는 그에게 별다른 도움을주지 않았다. 제각기 마음속으로는 존스 씨가 당한 불행을 어떻게 자기에게 유리하게 이용할까 하는 생각을 은밀히 하고 있었다.

동물 농장과 이웃하고 있는 두 농장 주인의 사이가 늘 나빴던것은 다행스러웠다. 그중 폭스우드라고 불리는 농장은 넓기는 하지만 제대로 돌보지 않은 고리타분한 구식 농장으로, 숲이 너무나 무성했고 농장 전체가 황량할 뿐만 아니라 울타리도 말이 아니게 너저분했다. 이 농장의 주인인 필킹톤 씨는 철따라 낚시질이나 사냥으로 대부분의 시간을 낭비하는 낙천적인 농부였다. 핀치필드라는 다른 농장은 그보다 규모가 작지만 관리가 잘 되어 있었다. 이 농장의 주인인 프레드릭 씨는 몸집이 단단하고 영리한 사람으로, 언제나 소송중이었고, 부당한 거래를 한다는 비판을 들었다. 이들 두 사람은 서로를 몹시 싫어해서 자기들 공동의 이익을 옹호하는 데 있어서까지도 의견의 일치를 보기 힘든 형편이었다.

그럼에도 불구하고 그들 두 사람은 모두 동물 농장의 봉기 소식에 아연실색하여 자신의 동물들이 그런 짓을 배울까 봐 무척이나 걱정하는 눈치였다.

처음에 그들은 동물들이 자신들 힘으로 농장을 경영한다는 이야기를 비웃고 경멸했다. 그러면서 그들은 이 주일만 지나면 모든 것이 끝장날 것이라고 떠벌리고 다녔다. 그들은 매너 농장(두 사람은 '동물 농장'이란 이름을 끝까지 받아들이지 않고, 매너 농장이라고 부르길 고집했다)의 동물들이 그들끼리 싸움질을 하다가 급기야 굶어 죽고 말 것이라고 소문을 퍼뜨렸다. 그러나 상당한 시간이 흘렀음에도 불구하고 동물들이 굶어 죽지 않자, 프레드릭과 필킹톤은 태도를 바꾸어 동물 농장에서는 무시무시한 참혹상이 한창 성행되고 있다는 소문을 퍼뜨리기 시작했다. 그곳의 동물들은 서로의 고기를 뜯어먹는 일을 자행할 뿐만 아니라, 벌겋게 달군 편자로 서로를 고문하며 암놈을 공동 소유한다고 떠들어 댔다. 이것은 자연의 법칙을 역행한 데에서 야기된 결과라고 프레드릭과 필킹톤은 주장했다.

하지만 이런 이야기들을 믿는 사람은 아무도 없었다. 인간들이 쫓겨났고 동물들이 스스로의 일을 처리해 간다는 멋진 농장에 관한 소문은, 애매모호하고 왜곡된 형태로 계속 퍼져 나갔다. 그리하여 그해 내내 봉기의 물결이 그 지방 일대에 파문을 일으켰다. 언제나 고분고분하기만 하던 황소가 돌연 사나와지고, 양이 울타리를 넘어뜨리고 토끼풀을 마구 뜯어먹을 뿐만 아니라, 암소도 물통을 차 던지고, 사냥용 말은 담을 뛰어 넘으려 들지 않으며, 오히려 타고 있는 사람을 한쪽으로 팽개쳐 쓰러뜨렸다. 무엇보다도 '영국의 동물들' 의 곡조와 가사가 도처에 알려졌다. 그것은 놀라운 속도로 퍼져 나갔다. 사람들은 이 노래를 들었을 때 코웃음을 치는 체했지만 사실은 모두들 화가 났다.

동물 농장

그들은 아무리 동물이라 할지라도 어떻게 그렇게 천박한 내용을 노래로 부를 수 있는지 이해할 수 없다고 입을 모아 말했다. 그 노래를 부르다 들킨 동물은 어느 놈이고 그 즉시 채찍 세례를 받아야 했다. 그렇지만 이 노래를 완전히 막을 수는 없었다. 티티새는 울타리에서 그 노래를 지저귀었고, 비둘기는 느릅나무에서 구구거렸다. 그들이 부르는 노랫소리는 대장간의 쟁쟁거리는 망치 소리와 교회의 종소리에 스며들었다. 그리고 인간들이 그 노래에 귀를 기울일 때면, 그 노래에서 미래의 운명에 대한 예언의 내용을 듣고는 내심 공포에 휩싸이곤 했다.

시월 초순경, 곡식을 베어 낟가리로 쌓아 올리고 일부는 이미 타작을 해놓았을 때에 한 떼의 비둘기들이 하늘을 훨훨 날아와서 극히 흥분된 상태로 동물 농장의 마당에 내려앉았다. 존스 씨와 그의 전 일꾼들이, 폭스우드와 핀치필드에서 지원받은 다른 여섯 명과 함께 빗장문을 넘어 들어와 농장에 이르는 마찻길로 올라오고 있다는 전갈이었다. 그들 모두가 몽둥이를 지녔고, 존스 씨는 손에 총을 들고 선두에 서서 걸었다. 분명히 그들은 농장의 탈환을 시도하고 있었다.

이것은 오래 전부터 예상했던 것이며, 이에 대한 만반의 준비도 이미 되어 있었다. 농장 집에서 발견해 낸 줄리어스 시저의 작전들에 관한 고서를 면밀히 연구해 온 스노우볼이 방어 작전의 책임을 맡았다. 그는 신속히 명령을 내렸으며, 이 분도 채 안 되어 모든 동물들은 각자가 맡은 자리에 가 있었다.

인간들이 농장 건물로 접근해 오자 스노우볼은 최초의 공격을 명령했다. 서른다섯 마리에 달하는 비둘기들이 일제히 사람들 머리 위로 낮게 떠 이리저리 날면서 그들에게 똥을 찍찍 갈겨 댔다. 사람들이 이것을 피하고 있는 동안 울타리 뒤에 숨어 있던 거위들이 뛰쳐나와 그들의 허벅지를 인정사정없이 쪼아 댔다. 그렇지만 이것은 약간의 혼란을 일으키려는 경미한 전초전에 지나지 않았다. 사람들은 거위들을 그들이 든 몽둥이로 쉽게 퇴치해 버렸다. 스노우볼은 여기서 두 번째 공격을 개시했다. 뮤리엘, 벤자민, 그리고 모든 양들이 스노우볼을 선두로 하여 사방에서 덤벼들어 사람들을 찌르고 받았다. 한편 벤자민은 몸을 돌려 그 작은 발굽으로 사람들을 걷어찼다. 그러나 몽둥이를 손에 들고 장화를 신은 인간들은 그들에게는 역시 힘에 겨운 상대였다. 스노우볼이 갑자기 후퇴하라는 신호로 꽥꽥 소리를 지르자 모든 동물들은 돌아서서 문을 빠져나가 마당으로 도망쳤다.

사람들은 승리의 함성을 질렀다. 예상한 대로 동물들이 줄행랑치는 것을 보자 그들은 무질서하게 추격하기 시작했다. 이것이야말로 스노우볼이 의도한 것이었다. 그들이 마당으로 들어서자마자 외양간에 매복하고 있던 세 마리의 말, 세 마리의 암소, 그리고 나머지 돼지들 모두가 돌연 뒤에서 뛰쳐나와 그들을 뒤에서 차단했다. 그러자 스노우볼이 공격의 신호를 보냈다. 그는 몸소 존스 씨에게 달려들었다. 존스 씨는 순간적으로 총을 들어 발사했다. 총알은 스노우볼의 등에 상처를 입히며 스쳐 지나가 양 한 마리를 쓰러뜨렸다. 그 순간을 놓칠세라 스노우볼은 이백십 파운드나 되는 몸집을 존스 씨의 다리에 내던졌다. 존스 씨는 똥 무더기 속으로 털썩 쓰러졌고 총은 그의 손에서 떨어졌다. 그러나 무엇보다도 가장 무시무시한 장관은 복서의 모습이었다. 그는 뒷발로 우뚝 서서 마치 종마처럼 징이 박힌 커다란 발굽으로 뒷발질을 하고 있었다. 그의 첫 일격은 폭스우드에서 온 마부를 진흙 바닥에 쭉 뻗게 만들었다. 몇몇 사람들은 이 광경을 보자 몽둥이를 팽개치고 도망치려 했다. 죽음의 공포가 그들을 사로잡고 말았다. 다음 순간 모든 동물들이 일제히 마당을 배회하며 그들을 몰아쳤다. 그들은 찌르고, 차고, 물고, 짓밟느라 정신이 없었다. 농장의 동물들은 그들 나름의 방식으로 사람들에게 복수의 칼을 들이대고 있었다. 고양이마저 지붕에서 느닷없이 소몰이꾼 어깨 위로 뛰어 내려 발톱으로 목을 할퀴었다. 그의 처절한 비명 소리가 동물 농장 하늘에 메아리쳤다.

출구가 트인 순간 사람들은 이때다 하고 마당으로 우르르 몰려나와 큰길로 꽁무니를 빼기 시작했다. 그리하여 그들은 침입한 지 채 오 분도 못 되어, 마지막까지 쫓아와 허벅지를 물어뜯는 거위 떼를 가까스로 뿌리치며 자신들이 의기양양하게 들어왔던 그 길로 치욕적인 후퇴를 해야만 했다.

한 명만 남겨 두고 사람들은 모두 도망쳤다. 마당으로 돌아와 보니 복서가 진흙 속에 얼굴을 처박은 마부를 발굽으로 흔들면서 젖혀 놓으려고 애쓰고 있었다. 마부 소년은 꼼짝도 하지 않았다.

"죽었군."

복서는 비탄에 젖어 말을 했다.

"나는 이렇게 하려고 한 것은 아니었는데. 나는 내 발에 징이 박혔다는 것을 잊고 있었어. 내가 고의로 이런 짓을 하지 않았다는 것을 누가 믿어 주겠나?"

"감상은 금물이요, 동무!"

상처에서 여전히 피를 뚝뚝 흘리며 스노우볼이 외쳤다.

"전쟁은 어디까지나 전쟁이오. 선량한 인간이란 오직 죽은 자뿐이라는 걸 잊은 게요?"

"나는 목숨을 빼앗고 싶지는 않았단 말이오. 비록 보잘것없는 인간의 목숨이라 하더라도."

복서는 되풀이해서 넋두리를 했으며 그의 눈에는 눈물이 고였다.

"몰리, 몰리는 어디에 있지?"

누군가가 소리를 질렀다.

사실 몰리의 행방이 묘연했다. 잠시 동안 모두 크게 놀랐다. 사람들이 심하게 부상을 입혔거나 혹은 끌고 갔을지도 모른다는 두려움마저 감돌았다. 하지만 잠시 후 그녀가 여물통 건초 속에 머리를 틀어박고 자기 마구간에 숨어 있는 것이 발견되었다. 그녀는 총소리가 나자마자 재빨리 도망쳤던 것이다. 그리고 그녀를 찾아서 돌아왔을 때 그들은 마부 소년이 죽은 게 아니라 잠시 기절했던 것이었으며, 그새 정신을 차리고 도망친 것을 알았다.

동물들은 미친 듯이 흥분에 싸여 제각기 가장 큰 소리로 전투에서 세운 무공을 떠들어 댔다. 즉흥적인 승전 축하 행사가 곧 벌어졌다. 기를 게양하고 '영국의 동물들'을 몇 차례 불렀다. 그러고 나서 목숨을 잃은 염소를 위해 엄숙한 장례식을 거행하고 그녀의 묘 위에 산사나무를 심어 주었다. 스노우볼은 무덤 옆에 서서 짤막한 연설을 통해 동물 농장을 위해 필요하다면 생명을 바칠 각오로 모든 동물들이 임해야 한다고 연설했다.

동물들은 무공 훈장, '제 일급 동물 영웅'장을 제정할 것을 만장일치로 결의했다. 그리고 바로 그 자리에서 스노우볼과 복서가 이 훈장을 수여받았다. 이 훈장은 놋쇠로 된 메달로(그들은 실제로 마구간에서 발견된 낡은 말 장식 놋쇠를 몇 개 갖고 있었다), 일요일과 공휴일이면 착용하도록 했다. 또한 '제 이급 동물 영웅'

훈장도 만들어 그것을 전사한 양에게 수여했다.

이 전투를 뭐라고 이름 지어야 할 것인가에 대해 여기저기 의견이 분분했다. 결국에는 복병이 뛰쳐나온 곳의 이름을 따서 '외양간 전투'라고 이름을 붙였다.

얼마 후, 진흙 속에 처박혀 있던 존스 씨의 총이 발견되었다. 또한 농장 집에 있는 탄약통에 실탄이 남아 있음을 알게 되었다. 그 총을 대포처럼 농장 게양대 밑에 걸어 놓고서 일 년에 두 차례, 즉 '외양간 전투' 기념일인 시월 십이일과 '봉기' 기념일인 유월 이십사 일 '세례 요한 축일'에 축포를 쏘도록 결정했다.

5

겨울이 다가오자 몰리는 점점 골칫거리가 되었다. 그녀는 아침마다 작업장에 늦게 나타나 늦잠을 잤다고 핑계를 대었다. 그러고는 이상야릇한 통증이 있다고 호소했다. 하지만 식욕만큼은 왕성하기 이를 데 없었다. 어떤 구실을 붙여서든 그녀는 일터에서 빠져나와 물 마시는 우물가로 갔다. 그리고 거기에 우두커니 서서 물속에 비친 자기 모습을 들여다보곤 했다. 그러나 그보다도 더 심각한 소문이 떠돌아 다녔다.

어느 날, 몰리가 그녀의 긴 꼬리를 흔들며 건초 줄기를 씹으면서 마당으로 빈둥빈둥 걸어 들어오자 클로버가 그녀를 한쪽 구석으로 데리고 갔다.

"몰리."

그녀가 말문을 열었다.

"당신에게 아주 심각한 이야기를 해야겠소. 오늘 아침, 당신이 폭스우드 농장과 동물 농장 경계에 있는 울타리를 넘겨다보는 것을 내가 보았소. 필킹톤 씨의 하인 한 사람이 그 울타리 저편에 서 있더군요. 그리고—나는 멀리 떨어져 있었지만 분명히 이 눈으로 보았다고 자신하는데—그 사람이 당신에게 말을 걸었을 뿐만 아니라 코까지 쓰다듬어 주는데도 당신은 가만히 내버려 두더군요. 그게 도대체 무슨 짓이란 말이요, 몰리?"

"그 사람은 그러지 않았어요! 나는 거기 없었어요! 그건 사실이 아니에요!"

몰리는 펄쩍 뛰면서 흥분해 땅바닥을 긁었다.

"몰리! 내 얼굴을 똑바로 봐요. 그 사람이 당신 코를 쓰다듬지 않았다는 것을 당신 명예를 걸고 내게 말할 수 있겠소?"

"그건 사실이 아닙니다!"

몰리는 되풀이했지만 클로버의 얼굴을 제대로 바라볼 수 없었다. 그러고는 다음 순간 줄행랑을 치며 들판으로 내달려 사라졌다.

클로버의 머릿속에는 순간 한 가지 생각이 떠올랐다. 다른 동물들에게는 아무런 말도 하지 않고 그녀는 몰리의 마구간으로 가서 발굽으로 짚을 엎어 헤쳤다. 밀짚 아래에 조그마한 각설탕 한 덩

51

어리와 각양각색의 몇몇 리본 다발이 숨겨져 있었다.

사흘 후 몰리는 완전히 종적을 감추었다. 몇 주일 동안은 그녀가 어디에 있는지 아무도 아는 이가 없었다. 그런데 비둘기들이 윌링턴 저편에서 그녀를 보았다고 전해 왔다. 그녀는 어느 선술집 밖에 서 있는, 검붉은 페인트로 칠한 마차의 굴대 사이에 있었다. 뚱뚱한데다 얼굴이 불그레한, 술집 주인인 듯한 남자가 그녀의 코를 쓰다듬으며 각설탕을 먹이고 있었다. 그녀의 털은 새로 깎였고 앞머리에 자줏빛 리본을 매고 있었다. 그리고 그녀는 유쾌한 표정을 짓고 있더라고 비둘기가 전했다. 그 후로 동물들은 아무도 몰리 이야기를 꺼내지 않았다.

일월이 되자 혹독한 추위가 몰아쳤다. 땅은 쇳덩이처럼 얼어붙어 들판에서는 아무런 일도 할 수 없었다. 큰 헛간에서는 회합이 빈번히 열렸다. 돼지들은 봄철에 할 일을 계획하는 데에 몰두했다. 어떤 동물보다도 현명한 돼지가, 비록 그들의 결정 사항은 다수결에 의해 승인을 받아야 하기는 했지만, 농장 정책의 모든 문제를 결정해야 한다는 것이 모두에게 기정사실화되었다. 이런 협의 사항이 스노우볼과 나폴레옹 사이에 의견 충돌만 없었더라면 제대로 잘 진행될 상황이었다.

이들 둘은 의견이 갈라지는 곳에서는 언제나 그 주장을 달리했다. 둘 중 하나가 보리를 좀 더 많이 심자고 제의하려고 하면, 다른 하나는 어김없이 반기를 들어, 귀리를 더 많이 심자고 주장했다. 어느 한쪽이 이러이러한 토양에는 호배추가 알맞다고 말하면, 다른 한쪽에서는 그곳에는 근채류 외에는 아무것도 맞지 않는다고 반대 의견을 주장했다. 각자가 자기 자신의 추종자를 갖고 있어서 때로는 격렬한 논쟁을 벌이곤 했다.

회합에서는 스노우볼이 뛰어난 연설로 많은 표를 획득했으나 나폴레옹은 조용히 개별 접촉을 해서 자기 쪽으로 표를 끌어들이는 데 능란했다. 그는 특히 양들에게 많은 점수를 얻었다. 근래에 양들은 때와 장소를 가리지 않고, "네 다리는 좋고 두 다리는 나쁘다"라고 소리를 질러 댔다. 그리고 그들은 이런 방법으로 회합을 자주 중단시켰다. 그들은 특히 스노우볼의 연설이 결정적인 순간에 다다를 때, "네 다리는 좋고, 두 다리는 나쁘다"라고 외쳐 방해하는 경향이 짙었다.

스노우볼은 농장 집에서 찾아낸 《농민과 목축》이란 잡지 몇 권을 놓고 면밀히 연구한 끝에 여러 가지 혁신과 개선에 대한 계획을 잔뜩 짜놓았다. 그는 배수로와 저장법, 인산석회에 대해 유식한 척하며 설명했다. 그리고 운반 노동력을 줄이기 위해서 모든 동물들은 직접 들판에 나가 매일매일 다른 장소에 배설하도록 하는 복잡한 계획을 세웠다. 나폴레옹은 자기 자신이 어떤 계획을 내놓지는 않았지만, 스노우볼의 계획이 아무 쓸모가 없게 될 것이라고 은밀히 소문을 퍼뜨리고는 때를 기다리고 있는 듯했다. 그러나 그들의 논쟁을 통틀어 보면 풍차 때문에 일어난 것만큼 격렬했던 적도 없었다.

농장 건물로부터 멀리 떨어지지 않은 곳, 기다란 목장 안에, 이 농장에서 가장 높은 곳인 작은 둔덕이 위치해 있었다. 스노우볼은 이 지형을 조사한 후 여기가 풍차를 세우기에 최적지라고 선언했다. 그리고 이곳에 풍차가 서면 발전기를 돌려 농장에 전력을 공급할 수 있다고 말했다. 전기는 축사를 밝혀 줄 뿐만 아니라 겨울이면 난방을 해주고, 나아가 둥근 톱, 절단기, 여물 자르개, 거기에다 전기 착유기를 사용할 수 있으리라는 것이었다. 동물들은 일찍이 이런 기계들에 대해 들어 본 적도 없었다(이 농장은 구식이었고, 가장 원시적인 기구들만 있었기 때문이다). 그 책을 읽고 대화를 나누며 교양을 증진시키는 동안 이 환상적인 기계들이 그들을 대신해서 일해 줄 거라는 스노우볼의 설명에 모두들 귀를 기울이게 되었다.

몇 주일 지난 후, 풍차를 세우겠다는 스노우볼의 계획이 완전히 완성되었다. 기계에 대한 세부적인 지식은 《유용한 가정백과》, 《벽돌 쌓기는 누구나》, 《전력 입문》 등 세 권의 책에서 얻어 냈다. 스노우볼은 인공 부화장이 있었던 곳인, 도면을 그리기에 안성맞춤인 매끈한 마룻바닥이 있는 움막 하나를 자신의 서재로 사용했다.

그는 한번 들어앉으면 몇 시간이고 그 안에 처박혀 있었다. 책을 펼쳐 돌로 눌러 놓고선 앞 발굽 사이에 분필 조각을 끼우고는 민첩하게 이리저리 움직여 연달아 선을 그었다. 그러는 동안 흥분에 싸여 작은 말로 무엇이라 중얼거리기도 했다. 점차 그 설계도는 크랭크와 톱니바퀴로 이루어진 복잡다단한 것이 되어 마룻바닥의 반 이상을 차지하게 되었다. 다른 동물들은 그것을 전혀 이해하지 못했지만 무척 감동을 받은 듯한 모습을 하고 있었다. 적어도 하루에 한 번씩, 그들 모두가 스노우볼의 설계도를 보러 왔다. 암탉이나 오리까지 와서 분필 표시를 밟지 않으려고 무척 애썼다. 오직 나폴레옹만이 초연한 태도를 취했다. 애초부터 그는 풍차에 대해 반대 입장을 표명한 바 있었다. 그러던 그가 어느 날 뜻밖에도 그 계획을 검토하러 왔다. 그는 움막을 묵직한 걸음으로 빙 돌고 설계의 구석구석 모든 세부 항목을 치밀하게 바라본 후 한두 번 코를 킁킁거렸다. 잠시 동안 서서 곁눈으로 노려보고 난 후 느닷없이 다리 하나를 쳐들고 그 설계도 위에 오줌을 누었다. 그러고는 단 한 마디 말도 없이 밖으로 나가 버렸다.

동물 농장

농장 전체가 풍차 문제를 두고 심각하게 분열되었다. 그것을 건설한다는 일이 결코 쉽지 않다는 점은 스노우볼도 부인하지 않았다. 돌을 쪼아서 벽을 세워야 하고, 풍차 날개를 만들어야 하며, 그런 다음에도 발전기의 설치와 전선 가설이 필요했다(이것들을 어떻게 조달할 것인가에 대해 스노우볼은 말하지 않았다). 그렇지만 일 년 이내에 모든 것이 완료될 수 있다고 그는 주장했다. 그렇게만 되면 엄청난 노동력이 절약되어 동물들은 일주일에 사흘만 일하면 될 것이라고 그는 큰소리쳤다. 이와 같은 주장에 나폴레옹이 반대 입장을 주장했다. 현재 가장 절실히 요구되는 것은 식량 생산을 늘리는 일인데, 만일 풍차 건설에 노동력을 소비한다면 그들 모두가 얼마안가 굶어 죽을 것이라는 가설이었다.

그리하여 '스노우볼에 투표해서 주 삼 일 노동을!' 이라는 슬로건과 '나폴레옹에 투표해서 따듯한 밥상을!' 이라는 슬로건 아래 동물들은 두 패로 나뉘었다.

그중 벤자민은 어떤 파에도 들지 않은 유일한 동물이었다. 그는 식량이 더욱 풍부해진다는 것도 풍차가 노동을 절약해 주리라는 것도 결코 믿지 않았다. 풍차가 있든 없든 삶이란 늘 똑같고, 언제나 고통을 수반하는 것이라고 믿었다.

풍차에 관한 논쟁 이외에도 농장 방위 체제에 관한 문제가 있었다. 인간들이 '외양간 전투'에서 패배를 맛보기는 했지만 그들이 농장을 탈환하기 위해 다시 한 번 보다 과감한 시도를 감행하리라는 것은 모두가 생각하고 있는 사항이었다. 그들이 패배했다는 소식이 인근 농장에 퍼져 그 농장들의 동물들이 전보다 더욱 반항적으로 변했기 때문에 사람들이 그렇게 해야 할 이유가 더욱 높아졌다.

늘 그랬던 것처럼 이번 일에도 스노우볼과 나폴레옹은 의견 일치를 보지 못했다. 나폴레옹은 동물들이 총기류를 입수하여 그들 힘으로 그것을 다룰 수 있도록 훈련해야 한다고 했다. 반면 스노우볼은 비둘기를 더욱더 많이 날려 보내 다른 농장의 동물들에게 봉기를 일으키도록 선동해야 한다고 했다. 한쪽은 동물들이 그들 자신을 방어하지 못한다면 반드시 인간에게 정복당하게 될 것이라고 주장했고, 다른 한쪽은 반란이 도처에서 일어난다면 자기들 스스로 방어 준비를 할 필요가 없게 될 것이라고 주장했다.

동물들은 처음에는 나폴레옹의 말에 귀를 기울였다가 다시 스노우볼의 말에 귀를 기울였다. 그래서 그들은 어느 것이 옳은지 분간할 수 없었다. 그들은 언제나 이야기를 들을 때마다 마음이 변했기 때문이었다.

마침내 스노우볼의 계획이 완성되었다. 다음 일요일 모임에서 풍차 작업의 개시 여부를 투표로 결정짓도록 이미 의견도 모았다.

동물들이 큰 헛간에 모이자 스노우볼이 벌떡 일어나서, 매애거리는 양들의 방해를 받아가며 풍차 건설을 옹호하는 이유를 연설했다. 그러자 나폴레옹이 일어나서 반박을 했다. 그는 풍차란 허무맹랑한 우스꽝스러운 공상에 지나지 않으니 아무에게도 그것을 지지하라고 권유할 수 없다고 아주 침착하게 의견을 발표하고 곧 자기 자리에 앉았다. 그는 잘해야 삼십 초 동안 연설을 했는데, 자기 발언의 반응에 대해 거의 무관심한 표정이었다. 이때 스노우볼이 벌떡 일어서서 다시 웅성거리기 시작하는 양들에게 고함을 쳐 조용하게 한 다음 풍차 건립을 승인해 줄 것을 외쳤다. 이때까지는 동물들의 의견이 거의 반반으로 갈려 있었으나 순식간에 스노우볼의 열변이 그들을 사로잡고 말았다. 천박한 노동이 동물들의 등에서 벗어질 날의 동물 농장의 모습을 그는 환상적인 말솜씨로 묘사해 나갔다.

그의 상상력은 절단기와 여물 자르는 기계의 수준을 훨씬 넘어서고 있었다. 전기로 말하면 타작기, 쟁기, 써레, 땅고르개, 수확기, 그리고 결속기를 가동시킬 수 있을 뿐만 아니라 각자의 방마다 전등, 냉·온수, 그리고 전기 난방기를 공급해 줄 것이라고 말했다. 그가 연설을 마칠 무렵에는 투표 용지가 누구 쪽에 던져질까 하는 것에 대해서는 의문의 여지가 없었다.

그런데 바로 그 순간 나폴레옹이 일어나서 그의 특유의 곁눈질로 스노우볼을 째려보았다. 그리고 일찍이 아무도 들어본 적이 없는 찢어지는 음성으로 날카롭게 소리쳤다. 그러자 밖에서 무시무시할 정도로 으르렁거리는 소리가 들려왔다. 놋쇠가 총총히 박힌 목걸이를 두른 커다란 개 아홉 마리가 헛간 안으로 순식간에 달려 들어왔다. 그들은 곧바로 스노우볼을 향해 덤벼들었다. 그는 자리에서 잽싸게 일어나 개들의 사나운 이빨을 겨우 피했다. 그는 순간적으로 문 밖으로 뛰쳐나갔고, 개들은 그의 뒤를 쫓았다. 모든 동물들은 형용할 수 없을 만큼 놀라고 공포에 질려 문 쪽으로 몰려 그 살벌한 추격전을 바라보았다. 스노우볼은 큰길로 이어지는 기다란 목장을 건너 달리고 있었다. 그는 돼지로서 달릴 수 있는 전력을 다해 도망치고 있었지만 개들은 그의 뒤꿈치에 바짝 다가와 있었다. 스노우볼이 달리는 도중 발을 헛디뎌 미끄러졌으므로 개들이 금방이라도 그를 물어뜯을 것만 같았다. 그러나 그는 다시 일어나 전보다 더 빨리 뛰었다. 여전히 개들도 다시 그 뒤를 쫓았다. 그중 한 마리가 스노우볼의 꼬리를 이빨로 물려는 순간 그는 재빨리 그 꼬리를 휘둘러 겨우 위기에서 벗어났다. 그리고 그는 개와 몇 인치를 사이에 두고 남은 여력을 다해 울타리 구멍으로 빠져나갔고, 더 이상 그의 모습은 보이지 않았다.

말문이 막힐 만큼 공포에 휩싸인 동물들은 다시 헛간으로 기어 들어왔다. 곧 이어 개들도 뛰어 들어왔다. 처음에는 아무도 이 짐승들이 어디에서 나타났는지 알 수 없었다. 그런데 그 의문은 곧 풀렸다. 그들은 다름 아닌 나폴레옹이 제 어미에게서 탈취하여 기른 강아지들이었다. 그들은 아직 다 자라지는 못했지만 몸집만큼은 어른처럼 성장해서 마치 늑대처럼 사납게 보였다. 그들은 나폴레옹 옆에 가까이 붙어 있었다. 다른 개들이 존스 씨에게 했던 것과 똑같은 식으로 그들은 나폴레옹에게 꼬리를 흔들고 있었다.

그때 나폴레옹은 개들을 거느리고 예전에 메이저가 서서 연설을 하던 연단으로 올라갔다. 그는 앞으로 일요일 아침의 회합을 중지하겠노라고 선포했다. 그런 회합은 불필요할 뿐만 아니라 시간 낭비라는 것이었다. 앞으로 농장 작업에 관련된 모든 문제는 자신이 주재하는 '돼지 특별 위원회'에서 결정한다는 것이었다. 이들은 비밀리에 회의를 하며, 그들의 결정 사항은 추후에 다른 동물들에게 전달한다고 했다.

동물들은 일요일 아침에는 여전히 집합하여 기에 경례를 하고 '영국의 동물들'을 제창하게 될 것이며, 그 주일에 이행할 명령을 하달받지만 토론은 일체 허용하지 않는다고 했다.

스노우볼의 축출이 그들에게 안겨 준 충격에도 불구하고, 동물들은 이 발표를 듣고 저마다 실의에 빠졌다. 그들 중 상당수는 적당한 논쟁의 틈만 있었더라면 대들었을 것이다. 막연하게나마 복서마저 기분이 언짢아졌다. 그는 귀를 뒤로 쫑긋거리며 앞머리를 몇 차례 흔들었다. 그리고는 자기 생각을 정리하려고 열심히 애를 썼다. 그러나 해야 할 말을 결국 생각해 낼 수 없었다. 그래도 몇몇 돼지들은 좀 더 영리했다. 앞줄에 앉은 네 마리 어린 식용 돼지가 높은 소리로 그 불공정함을 소리치며 벌떡 일어나 이구동성으로 외쳐대기 시작했다. 그러나 갑자기 나폴레옹 주위에 앉아 있던 개들이 낮게 위협적으로 으르렁거리는 소리를 냈다. 그러자 돼지들은 아무 말도 하지 못하고 다시 자리에 주저앉았다. 그러자 양들이 커다랗게 "네 다리는 좋고, 두 다리는 나쁘다!"라고 일부러 소란스럽게 외치면서, 거의 십오 분 동안이나 웅성거리는 바람에 회의 시간을 놓치고 말았다.

그런 후 스퀴러가 농장을 두루 돌아다니며 다른 동물들에게 이 새로운 협의 사항을 설명했다.

"동무들!"

모두의 주목을 집중시킨 그는 자신의 주장을 늘어놓기 시작했다.

"나폴레옹 동무가 자진해서 과외 일을 떠맡은 희생 정신에 대해 이곳의 모든 동물들이 감사히 여길 것이라고 나는 확신하오. 동무들! 남을 지도한다는 것이 쉽고 편한 일이라고 절대로 생각하지 마십시오. 그와 반대로 그것은 막중한 책임을 지는 것이올시다. 모든 동물들이 평등하다는 것을 나폴레옹 동무 이상 굳게 믿는 이는 없을 것이오. 여러분이 스스로 결정할 능력이 있게 된다면 그는 더없이 행복할 것이오. 그러나 때때로 당신들은 그릇된 판단을 내릴 수도 있을 것이며, 그렇게 되면 그때 우리는 어떻게 될지 생각해 봤소? 동무들! 여러분들이 풍차라는 허황된 공상을 한 스노우볼을 따르기로 결정했다고 생각해 보십시오. 우리 모두가 알고 있듯 스노우볼은 죄인보다 더 나을 것이 없잖소."

"그는 외양간 전투에서 용감하게 싸웠어요."

누군가가 외쳤다.

"용감한 것이 전부는 아니오."

스퀴러가 미소를 띠며 대답했다.

"충성과 복종이 더욱 중요하오. 외양간 전투만 말하더라도, 그 전투에서 스노우볼의 역할은 우리의 생각보다 매우 과장되어 있소. 머지않아 그것이 밝혀질 거라 생각하오. 동무들! 규율, 철통 같은 규율! 이것이 오늘날 우리가 목표로 삼아야 할 말이오. 한 발자국이라도 잘못 발을 디딘다면 우리의 적들이 금방이라도 덮칠 것이오. 동무들은 존스 씨가 돌아오기를 바랍니까?"

이야기가 이렇게 돌아가자 또다시 아무도 대답할 수가 없었다. 틀림없이 동물들은 존스 씨가 돌아오는 것을 원하지 않았다. 일요일 아침마다 토의를 하자고 고집부리는 것이 그가 돌아오는 결과가 되는 것이라면 그따위 토의는 하지 않아도 그만이었다. 그때까지 입을 다문 채 사태를 지켜보고 있었던 복서가 입을 열었다.

"나폴레옹 동무가 그렇게 말한다면 그것은 지당합니다."

그리고 그 후부터 복서는 '내가 좀 더 일하지'라고 내세웠던 개인적인 슬로건에 '나폴레옹은 항상 옳다'는 격언 하나를 더 추가했다.

이때쯤 해서 추위가 풀리고 어느덧 봄갈이가 시작되었다. 스노우볼이 풍차를 설계하던 움집은 폐쇄되었다. 그리고 그 설계도는 마룻바닥에서 지워졌을 것이라고 모두들 생각했다.

매주 일요일 아침 열 시만 되면 동물들은 큰 헛간에 모여 그 주에 해야 할 일을 지시받았다. 그 무렵, 살점이 깨끗이 떨어져 나간 메이저 영감의 두개골을 과수원에서 파내어 깃대 근처에 있는 그루터기에 총과 나란히 세워 놓았다. 기를 게양한 후에 동물들은 경건한 태도로 열을 지어 이 두개골을 지나 헛간으로 들어가라는 지시를 받았다.

요즈음 그들은 옛날처럼 자유롭게 앉지 않았다. 스퀴러와, 노래와 시를 짓는 데에 남보다 탁월한 재능을 지닌 미니무스란 또 한 마리의 돼지와 함께 나폴레옹은 높게 쌓아 올린 연단 앞줄에 앉았다. 그리고 아홉 마리의 어린 개들이 반원으로 그들을 둘러싸고 있고, 그 뒤에는 다른 돼지들이 자리를 했다. 여타의 동물들은 그들을 마주하여 헛간 중앙에 앉았다. 나폴레옹이 무뚝뚝한 군인다운 표정을 짓고 그 주에 이행할 명령을 낭독하면 뒤이어 모든 동물들이 '영국의 동물들'을 한 차례 부른 후에 해산하는 방식이었다.

　스노우볼이 추방되고 세 번째 맞은 일요일이었다. 나폴레옹이
어떻게 해서든지 풍차를 세우겠다고 발표하자 동물들은 조금씩
동요했다. 그는 자신이 마음을 바꾼 이유에 대해 아무런 설명도
하지 않았다. 다만 이 과외 사업은 매우 어려운 작업이 될 것이
며, 식량 배급량이 줄어들지도 모른다고 경고했을 뿐이었다. 하
지만 그 설계의 세밀한 부분까지 모두 준비되어 있었다. 돼지들
로 구성된 특별 위원회가 지난 삼 주 동안 계획을 짜 왔다는 것이
었다. 다른 여러 가지 부수 시설과 함께 풍차 건설은 이 년이 소
요될 것으로 예상했다.

　그날 저녁 스퀴러는, 나폴레옹이 사실은 풍차 건설을 반대했던
것이 아니었다고 다른 동물들에게 은밀히 설명해 주었다. 그리고
제일 처음 그것을 주장했던 이가 나폴레옹이었으며, 스노우볼이
부화기가 설치되어 있던 움막 바닥에 그렸던 설계 역시 나폴레옹
의 문서 속에서 훔쳐간 것이었다고 했다. 결국 지금에서야 밝히
지만 풍차는 나폴레옹의 창작품이었다는 이야기였다.

　그렇다면 그가 왜 그렇게 강력하게 반대 발언을 했느냐고 누군
가가 반문했다. 갑자기　스퀴러의 표정이 교활해졌다. 그것은 바
로 나폴레옹 동무의 계략이었다고 그는 대답했다. 그가 풍차 건
설에 반대하는 것처럼 연극을 한 것은 성격이 난폭하고 나쁜 영
향력을 가진 스노우볼을 없애 버리기 위한 책략이었다고 했다.
스노우볼이 사라진 현재, 그 설계는 그의 훼방을 받지 않고 시행

될 수 있으리라는 것이었다. 스퀘러의 말에 따르면 이것이 이른바 전술이라는 것이었다. 그는 이리저리 껑충거리며 꼬리를 흔들어 대고 즐거운 웃음을 지으며 몇 차례나 "전술, 동무들, 전술이란 말이요!" 하고 반복해 말했다. 동물들은 그 말이 무슨 의미인지 정확히 알 수 없었다. 그러나 스퀘러의 말에는 설득력이 있었고, 그의 옆에 있는 세 마리의 개가 꽤 위협적으로 으르렁거려서 그들은 더 이상의 질문도 할 겨를이 없이 그의 이야기를 그대로 받아들였다.

6

그해 내내 동물들은 노예처럼 혹사당했다. 그러나 그러한 노동에도 불구하고 그들은 행복했다. 그들은 힘든 노력이라든가 희생을 조금도 아끼지 않았다. 자신들이 하는 모든 일이 자신의 이익과 다음 세대들에게 혜택을 주기 위해서이고, 게으름을 피우며 착취하는 인간들을 위한 것이 아닌 것을 알고 있었기 때문이었다.

봄과 여름에는 일주일에 육십 시간이나 일을 했다. 팔월이 되자 나폴레옹은 앞으로는 일요일 오후에도 일을 해야 한다고 발표했다. 이 작업은 엄격히 따지면 자발적인 것이었다. 그러나 그 일에 빠지는 동물은 누구든지 식량 배급이 반으로 줄어들 판이었다.

그렇게 열심히 일을 했지만 손도 못 댄 일들이 남아돌았다. 수확은 지난해보다 별로 재미를 보지 못했다. 이른 여름에 근채류를 심어야 할 두 들판은 밭갈이를 제때 하지 못했기 때문에 아직 씨조차 뿌리지 못한 형편이었다. 올 겨울에는 분명 식량난에 허덕일 거라고 모두가 예상할 수 있었다. 게다가 풍차 건설 또한 의외의 난관에 부딪히게 되었다.

농장에는 질 좋은 석회암 채석장이 있었다. 그리고 헛간에서 상당량의 모래와 시멘트가 발견되었으므로 건축에 필요한 모든 재료는 수중에 들어 있는 셈이었다. 하지만 동물들이 맨 처음 봉착한 문제란 그 돌들을 적당한 크기로 잘라 내는 방법이었다. 그러자면 곡괭이와 지렛대를 사용하는 방법밖에 없었다. 하지만 동물들은 뒷다리만으로는 서 있을 수 없었기 때문에 이런 연장들을 쓸 수가 없었다. 몇 주일이나 헛된 시도를 한 끝에 누군가 기발한 묘안을 제시했다. 바로 중력을 이용하자는 것이었다. 그들이 사용하기에는 힘에 벅찬 커다란 돌들이 채석장 바닥에 층층이 쌓여 있었다. 돌덩이를 밧줄로 둘러 묶고서 암소, 양, 말뿐만 아니라 밧줄을 잡을 수 있는 동물들은 모두 동원되었다. 위급한 순간에는 돼지까지 합세했다. 죽을힘을 다해서 조금씩 조금씩 채석장 꼭대기 경사진 곳으로 바위를 끌어올려 놓고 밑으로 굴려 떨어뜨려 산산조각 내는 방법이었다.

깨진 돌을 운반하는 일은 비교적 손쉬웠다. 말들은 그것을 마차에 실어 옮겼고, 양들은 하나씩 끌어당겼으며, 뮤리엘과 벤자민도 손수 낡은 이륜마차에 멍에를 메고 제 몫을 해냈다. 늦여름 즈음 돌은 충분히 쌓였다. 그리하여 돼지들의 지시와 감독 아래 공사가 시작되었다.

그러나 그것은 힘겹고 지지부진한 공정이었다. 기진맥진하도록 애를 써서 돌 하나를 채석장 꼭대기로 끌고 가는 데 꼬박 하루를 허비한 적도 한두 번이 아니었다. 때로는 돌을 절벽에서 떨어뜨려도 깨지지 않은 적도 있었다.

복서가 없었더라면 아무 일도 할 수 없을 뻔했다. 그 혼자의 힘이 다른 동물들의 힘을 모두 합친 것과 비슷하게 보일 정도였다. 끌어올리던 돌덩이가 미끄러지기 시작하여 그 돌의 힘으로 동물들이 언덕 밑으로 끌려가며 절망적으로 아우성치고 있을 때면, 밧줄을 잡아 돌을 멈추게 하는 자는 언제나 복서였다. 거칠게 숨을 몰아쉬며, 널찍한 옆구리에 송글송글 땀이 맺힌 채 경사진 곳을 안간힘을 써서 기어오르는 그의 모습을 보고 있으면 누구라도 감탄과 감동에 휩싸이기 마련이었다. 클로버가 그에게 너무 무리하지 말고 조심하라고 충고하지만 복서는 그녀의 말에 전혀 귀기울이지 않았다. '내가 좀 더 일하지'와 '나폴레옹은 항상 옳다'라고 그가 내세운 두 슬로건은 모든 문제에 대한 그의 충분한 대답이 되었다.

지금까지 복서는 아침에 남보다 삼십 분 일찍 깨우던 것을 사십오 분 일찍 깨워 주도록 수탉에게 당부했다. 그리고 요즘에 와서는 그리 많지도 않은 여가 시간을 이용하여 채석장에서 부서진 돌덩이를 한 무더기 모아 누구의 도움도 없이 풍차를 세울 자리로 끌어오곤 했다.

동물들은 그해 여름 내내 고되게 일했으며, 생활은 그럭저럭 먹고 살만 했다. 존스 씨가 있던 시절보다 식량이 더 늘지 않았지만 그보다 줄지도 않았다. 자기네들끼리만 나누어 먹으면 되고 또 사치스런 다섯 명의 인간을 부양하지 않아도 되는 이점은 엄청나서 웬만한 실패는 보상하고도 남았다. 그리고 여러 가지 면에서 동물들의 작업 방식이 능률적이며, 노동 절약적이었다.

예를 들면 잡초를 제거하는 따위의 일은 인간으로서는 불가능할 정도로 철저하게 시행되었다. 게다가 이제는 아무도 도둑질을 하지 않아 밭과 목장 사이를 울타리로 막아 둘 필요가 없었다. 이는 울타리와 문을 유지하는 데에 드는 상당한 노동력을 절약시켜 주었다. 그럼에도 불구하고 여름을 겪으면서 예상하지 못한 여러 가지 결핍을 느끼게 되었다. 램프의 등유, 못, 끈, 개가 먹을 비스킷, 거기에 말발굽의 징이 죄다 떨어졌다. 그 어느 것도 농장에서 만들어 낼 수 없었다. 좀 더 시일이 지나자 종자와 인조 비료도 떨어졌으며, 갖가지 연장도, 마침내는 풍차 건설에 사용할 기계도 필요하게 되었다. 하지만 이런 것들을 어떻게 만들어 내야 할지 그 누구도 몰랐다.

동물들이 명령을 받으러 모였던 어느 일요일 아침에 나폴레옹은 새로운 정책을 결정했노라고 발표했다. 이제부터는 동물 농장이 이웃 농장들과 상거래를 하겠노라는 것이었다. 이는 물론 상업적인 목적이 아니라 시급히 필요한 특정 원자재를 얻기 위해서라고 했다. 그리고 나폴레옹은 풍차 건설에 필요한 물품들이 모든 여타의 것들보다 우선되어야 한다고 역설했다. 그 때문에 건초더미와 올해 거두어들일 밀의 일부를 판매하기 위한 준비를 계획 중이라고 했다. 그럼에도 불구하고 돈이 모자랄 때에는, 윌링턴의 시장에 계란을 판매한다고 했다. 나폴레옹은 암탉들에게 이러한 희생은 풍차 건설을 위해 그들만이 할 수 있는 특별한 공헌이라고 힘주어 이야기했다.

동물들은 다시 한 번 막연하나마 불안해지기 시작했다. 인간들과는 어떠한 교섭도 하지 않는다, 상거래는 결코 하지 않는다, 화폐를 사용하지 않는다! 이런 결의 사항이야말로 존스 씨를 축출해 낸 후 열린 첫 회합에서 통과된 최초의 결정이 아니었던가.

모든 동물들은 이런 결의를 기억하고 있었다. 아니 적어도 기억하고 있는 것 같은 생각이 들었다. 나폴레옹이 회합을 폐지했을 때 항의를 제기했던 네 마리의 나이 어린 돼지들이 우물쭈물하면서 말을 꺼냈지만 개들이 으르렁거리자 즉시 입을 다물고 말았다. 그러자 늘 그렇듯이 양들이 "네 다리는 좋고, 두 다리는 나쁘다"를 디뜨렸고 이색했던 분위기가 다시금 부드러워졌다.

드디어 나폴레옹이 조용히 하라고 앞다리를 올렸다. 그리고 그는 이미 모든 준비가 끝났다고 외쳤다. 동물들 중 어느 누구도 인간과 접촉할 필요가 없을 것이고, 만약 그와 같은 일이 발생한다면 이는 분명히 바람직하지 못한 일이라고 했다. 그는 그와 같은 모든 짐을 자신의 두 어깨에 짊어질 각오라고 했다.

그는 윌링톤에 살고 있는 윔퍼란 이름을 지닌 변호사가, 동물 농장과 외부 세계 간의 중재자 역할을 맡아줄 것이라고 했다. 그래서 매주 월요일 아침마다 그는 이 농장을 방문하리라는 것이었다. 나폴레옹이 언제나 그렇듯이 "동물 농장 만세!"라고 외치고 연설을 끝마치자 동물들은 이어 '영국의 동물들'을 부르고서 흩어졌다.

그리고 난 후 스퀴러가 농장을 한 바퀴 돌며 들뜬 동물들의 마음을 가라앉혔다. 그는 동물들에게 장사를 하지 않겠다는 것이나 화폐를 사용하지 않겠다는 결정이 결코 통과된 적도, 아니 제안된 적도 없었노라고 장담했다. 그것은 다만 상상에 지나지 않았으며, 그런 헛소문의 발상지를 추적해 보면 스노우볼이 퍼뜨린 거짓말에서 연유한 것이라는 것이었다. 그래도 몇몇 동물들이 여전히 의심을 품자 스퀴러가 앙칼지게 질문을 퍼부어 댔다.

"당신들은 그것이 여러분이 꿈에 그려 오던 것이 아니라고 확신할 수 있단 말이오? 동무들! 여러분은 그런 결정에 대해 어떤 기록을 해 놓았소? 그러면 그것이 어디 씌어 있단 말이오?"

그것이 기록으로 남아 있지 않았기에 동물들은 자신들이 착각하고 있었다고 말했다.

월요일만 되면 윔퍼 씨는 약속대로 농장을 방문했다. 그는 구레나룻을 기른 교활하게 생긴 작은 체구의 남자로서, 그리 변변한 일거리 없이 잡다한 사건만 맡고 있는 변호사였다. 그러나 그는 동물 농장은 반드시 브로커를 필요로 할 것이며, 그 보수도 꽤 짭짤할 거라는 것을 그 누구보다도 빨리 알아챌 만큼 눈치가 빠른 위인이었다.

동물들은 두려움 비슷한 감정으로 그의 행동거지 하나하나를 주위 깊게 바라보았다. 그리고 가능하다면 그와 마주치는 것을 피했다. 그럼에도 불구하고 네 다리로 서 있는 나폴레옹이 두 다리로 서 있는 윔퍼에게 명령을 내리는 모습은 그들의 긍지를 살려 주었으며, 일부에서는 새로운 결정을 칭찬했다. 그 즈음 인간과 동물과의 관계는 상당히 변했다. 그렇다고 인간들이 막 번창하고 있는 동물 농장을 좋은 감정으로 바라보는 것은 아니었다. 오히려 전보다 더 증오했다.

모든 인간들은 그 농장이 조만간 붕괴할 것이며, 무엇보다도 풍차는 어김없이 실패할 것이라는 점을 하나의 신조로 받아들이고 있었다. 그들은 선술집에서 만나게 되면 풍차는 무너질 운명이며, 설령 완성된다 하더라도 절대로 가동하지 못할 것이라고 도표를 그려 가며 서로 입증해 보였다. 그러나 속으로는 동물들이 인간들의 일을 자신들의 방식으로 운영해 나아가는 그 효율성에 대해 어떤 존경심마저 품고 있었다.

그들이 그 농장을 '동물 농장'이라고 부르기 시작했으며, '매너 농장'으로 불러야 한다는 것을 까맣게 잊고 있다는 것이 그 증거 중 하나였다. 또한 그들은 자기 농장을 찾아 되돌아가겠다는 희망을 포기하고, 다른 지방으로 종적을 감춘 존스 씨를 더 이상 감싸지 않았다. 윔퍼 씨를 통하지 않고는 동물 농장과 인간과의 접촉은 아직 단 한번도 없었다. 그러나 나폴레옹이 폭스우드 농장의 필킹톤 씨나 핀치필드 농장의 프레드릭 씨 중 어느 한 사람과 일정한 통상 협정을 맺을 것이라는 소문이 나돌기 시작했다. 두 농장 주인과 동시에는 결코 협정을 맺지 않을 것이라는 화제와 함께.

바로 이 무렵 돼지들은 갑자기 존스 씨가 살던 농장 집으로 이사해 들어갔고, 그곳을 거처로 삼았다. 초기에 농장 집에서 살지 않기로 결의했던 사실이 동물들에게 다시 상기되는 듯했다. 그러나 이번에도 스퀴러가 이것은 그런 의도가 아니라고 그들을 이해시켰다. 스퀴러가 돼지들은 이 농장의 두뇌들이어서 머리 쓰기에 조용한 장소가 절대적으로 필요하다고 했다. 요구된다는 것이었다. 또한 지도자(근래 그는 나폴레옹 이름에다 '지도자'란 칭호를 붙이고 있었다)의 권위로 보아 흔한 돼지우리보다는 집에서 사는 것이 보다 격에 맞는다고 설명했다. 그럼에도 불구하고, 돼지들이 식당에서 식사를 할 뿐만 아니라 응접실을 휴게실로 사용하고 나아가서 침대에서 잠을 잔다는 말을 들었을 때 몇몇 동물들은 동요했다. 복서는 늘 하듯이 "나폴레옹은 항상 옳다!"라는 말과 함께 그 일에 무관심해 보였다. 그러나 클로버는 침대 사용을 금지한다고 명시했던 규율을 기억하고서 헛간 끝으로 갔다. 그리고 거기에 적혀 있는 칠계명을 생각해 내기 위해 애를 썼다. 그녀는 글자를 한 자씩밖에 해독할 수 없다는 것을 깨닫고서 뮤리엘을 데리고 갔다.

"뮤리엘."

그녀가 말했다.

"내게 네 번째 계명을 읽어줘요. 침대에서 자면 안 된다는 내용이 있지 않나요?"

뮤리엘은 약간 힘들게 그것을 읽었다.

"어떤 동물도 침대에서 '이불을 덮고' 자서는 안 된다고 씌어 있군요."

뮤리엘이 말했다.

정말 이상하게도 클로버는, 네 번째 계명에 이불에 대해 언급한 적이 있었다는 것이 기억나지 않았다. 그러나 벽에 그렇게 씌어 있으니 그게 사실일 수밖에 없었다. 때마침 개 두세 마리를 데리고 그곳을 지나던 스퀴러가 사태의 전모를 과장하거나 소홀히 하지 않고 설명했다.

"그럼 동무들은 이미 들었군요."

그는 말문을 열었다.

"우리 돼지들이 요즘 농장 집 침대에서 잔다는 거 말이오? 그런데 그렇게 해서 안 될 만한 이유라도 있을까요? '침대'에서 자지 말라는 규칙 때문인가요? 침대란 그저 잠자는 곳을 의미하오. 외양간에 널려 있는 짚더미도 정확히 말하면 침대죠. 규칙에는 인간의 발명품인 '이불'을 반대하는 조항이 있을 뿐이오. 우리는 농장 집 침대에서 이불을 걷어치우고, 담요 사이에 들어가 잡니다. 아주 안락한 침대더군요! 그러나 동무들, 우리가 요즈음 짜내야 하는 두뇌 작업에 비추어보면 그것도 우리가 필요로 하는 만큼은 편하지는 않더군요. 여러분들은 우리에게서 휴식마저 빼앗지는 않을 테죠? 동무들은 우리가 너무 피곤해서 우리의 의무를 수행하지 못하도록 방해하지 않겠죠? 분명히 여러분 중에 그 누구도 존스가 되돌아오기를 바라지는 않겠지요?"

동물들은 즉각 이 점에 대해 그를 안심시켰다. 그리고 더 이상 돼지들이 농장 집 침대에서 자는 것에 대해 입을 열지 않았다. 그리고 그로부터 며칠 후, 앞으로 돼지들은 다른 동물보다 한 시간 늦게 기상할 것이라고 발표되었을 때에도 이에 대해 아무런 불평이 일지 않았다.

가을이 될 때까지 동물들은 힘들기는 했으나 마음만은 편했다. 그들은 고생스러운 한 해를 보냈다. 건초 및 옥수수 일부를 시장에 판매한 뒤라 겨울을 넘길 식량 재고가 넉넉하지 못했다. 그러나 풍차가 모든 것을 보상해 주고도 남았다. 이 무렵 그것은 거의 반 정도 완성되었다.

수확이 끝난 다음 연일 맑고 청명한 날씨가 계속되었다. 동물들은 전보다 더욱 열심히 일했다. 벽을 한 자라도 더 높일 수 있다면 하루 종일 벽돌을 들고 이리저리 운반할 값어치가 있다고 생각했기 때문이었다. 복서는 밤에도 나와 가을 달빛을 받으며 홀로 한두 시간 더 일을 하곤 했다.

여가 시간이 나기만 하면 동물들은 풍차 주위를 빙글빙글 돌았다. 그리고 벽이 두둑하게 서 있는 탄탄한 모습에 경탄해 마지않았다. 그리고 자신들이 이렇게 당당한 것을 건설할 수 있었다는 것에 경이를 표하곤 했다. 오직 벤자민 영감만이 풍차에 열의를 보이지 않았다. 여전히 당나귀는 오래 산다는 수수께끼 같은 애매한 말만 할 뿐이었다.

매서운 남서풍을 몰고 십일월이 찾아왔다. 날씨가 너무나 축축해서 시멘트를 섞을 수 없었기 때문에 건축은 잠시 중단해야 했다. 드디어 어느 날 밤 강풍이 세차게 불어와 농장 건물이 뿌리채 흔들렸다. 그리고 헛간 지붕에서는 여러 장의 기왓장이 날아가 버렸다. 암탉들은 멀리에서 총 쏘는 소리를 꿈결에 듣고 모두가 동시에 놀라 잠을 깼다.

아침이 되어 동물들이 우리에서 나와 보니 게양대가 쓰러지고, 과수원 발치에 있는 느릅나무가 무처럼 쑥 뽑혀 있었다. 이 모습을 보자 모든 동물들의 목구멍에서 절망적인 울부짖음이 한꺼번에 터져 나왔다. 놀라운 광경이 그들 눈을 사로잡았다. 풍차가 무너져 있었다.

그들은 한 덩어리가 되다시피 해서 그곳으로 달려갔다. 좀처럼 밖에 나와서 걸어 다니지도 않던 나폴레옹이 그들의 선두에서 뛰었다. 그렇다, 그들 모두의 투쟁의 결실이 송두리째 무너져 있었다. 그들은 그렇게 애써서 깨고 운반해 왔던 돌들이 사방에 흩어진 모습을 바라보아야 했다.

처음에는 아무 말도 하지 못하고 무너진 돌 더미를 비통하게 응시하고만 있었다. 나폴레옹은 말없이 왔다갔다 걸음을 옮기며 가끔 땅에 코를 대고 끙끙거렸다. 그의 꼬리는 뻣뻣해졌다가는 이리저리 경련을 일으키기도 했다. 이는 심각한 정신 활동을 하고 있음을 알려 주는 표시였다. 갑자기 그는 결심이라도 한 것처럼 걸음을 멈추었다.

"동무들!"

그는 조용히 입을 열었다.

"여러분은 이렇게 된 것이 누구의 책임인지 알겠소? 밤중에 침입하여 우리 풍차를 무너뜨린 적을 여러분은 알겠소? 바로 스노우볼이오!"

그의 목소리는 갑자기 벼락치듯 커졌다.

"스노우볼이 이런 짓을 했단 말입니다! 순전히 악독한 마음으로, 우리 계획을 전복시키고 자기가 당한 치욕적인 추방에 앙갚음을 하러 그 반역자는 깊은 밤 어둠을 틈타 이리로 기어 들어왔소. 그러고는 일 년여에 걸친 우리들의 공사를 파괴해 버렸소. 동무들, 지금 이 자리에서 나는 스노우볼에게 사형을 선고하오. 그를 법에 의해 처단하는 동물에게는 누구든지 '제 이급 동물 영웅' 훈장을 수여하고 사과 한 상자를 부상으로 줄 것이오. 산 채로 체포해 오는 자에게는 사과 한 상자를 주겠소!"

스노우볼이 이렇게까지 심한 죄악을 저질렀다는 것을 알고서 동물들은 형용할 수 없는 충격을 받았다. 분노에 찬 고함이 터져 나왔다. 그리고 만약 스노우볼이 돌아온다면 어떻게 잡을 것인지

동물농장

모두들 궁리하기 시작했다. 이와 거의 때를 같이해서, 언덕에서 약간 떨어진 풀밭에 한 마리의 돼지 발자국이 눈에 띄었다. 그 발자국은 몇 야드 앞의 울타리 구멍으로 통해 있었다. 나폴레옹은 그 발자국에 코를 깊숙이 대고 끙끙거리더니 그것이 스노우볼의 것이라고 단언했다. 스노우볼이 폭스우드 농장 쪽에서부터 온 것 같다고 그는 자신의 견해를 밝혔다.

"더 이상 지체하지 맙시다. 동무들!"

나폴레옹이 그 발자국을 자세히 들여다보고 난 후에 외쳤다.

"할 일이 있소. 바로 오늘 아침부터 풍차 재건에 착수합시다. 비가 오거나 햇볕이 뜨겁거나 겨울 내내 공사를 진행합시다. 그 비열한 반역자에게 그가 우리의 작업을 그처럼 쉽사리 무너뜨릴 수 없다는 것을 가르쳐 줍시다. 동무들, 우리 계획에 변화가 있을 수 없다는 것을 명심하시오. 완성되는 그날까지 추진해야 할 것입니다. 동무들, 전진합시다! 풍차 만세! 동물 농장 만세!"

7

혹독한 겨울이었다. 폭풍우가 불던 날씨가 진눈깨비를 흩뿌리더니 딱딱하게 서리로 바뀌어 이월에 들어서도 좀처럼 녹지 않았다. 동물들은 외부 세계가 자기들을 관찰하고 있을 뿐만 아니라, 풍차가 예정된 시일 내에 끝나지 않는다면 질투심에 이글거리는 인간들이 기뻐 날뛰며 승리감에 도취될 것임을 너무나 잘 알고 있었기 때문에는 풍차 재건에 박차를 가했다.

인간들은 풍차를 무너뜨린 자가 스노우볼이라곤 전혀 믿지 않았다. 그들은 벽이 너무나 약해서 쓰러진 것뿐이라고 입을 모아 말했다. 동물들은 이런 말이 사실과 다르다는 것을 알고 있었지만 벽 두께를 이전의 십팔 인치가 아닌 삼 피트로 두껍게 쌓기로 결정했다. 이는 그만큼 더 많은 양의 돌을 모아야 한다는 것을 의미했다.

채석장에는 오랫동안 눈이 쌓여 있어서 아무런 일도 할 수가 없었다. 서리가 내린 건조한 날씨가 계속 이어졌고, 작업은 약간의 진전밖에 없었다. 그리고 그것은 너무나 가혹한 작업이었다.

동물들은 전처럼 이 일에 그다지 희망을 걸 수가 없었다. 그들은 늘 덜덜 떨었으며 또한 언제나 배를 곯았다. 오직 복서와 클로버만이 힘을 냈다. 스퀴러가 봉사의 즐거움과 노동의 존엄성에 대해 그럴듯한 연설을 했다. 그러나 다른 동물들은, 복서의 힘과 그의 '내가 좀 더 일하지'라고 하는 묵묵한 외침에 더욱 자극을 받았다.

일월에는 식량이 부족했다. 옥수수 배급은 눈에 띄게 줄어들었다. 그것을 보충해 주기 위해 여분의 감자를 배급해 주겠다는 발표가 있었다. 그러나 감자의 대부분이, 흙을 두껍게 덮어 두지 않은 탓으로 움 속에서 얼었다. 감자가 흐물흐물하고 변색되어 먹을 수 있는 것은 얼마 없었다. 어떤 때는 며칠 동안 등겨와 근대만을 먹어야 했다. 굶주림이 정면으로 그들에게 덤벼드는 것 같았다.

이런 사실을 외부 세계가 눈치채지 못하게 감추는 것이 시급했다. 풍차가 붕괴된 사실에 힘입은 인간들이 동물 농장에 대해 새로운 거짓말을 조작해 내기 시작했다.

모든 동물들이 굶주림과 질병으로 죽어가고 있을 뿐만 아니라 자기들끼리 끊임없이 싸움질을 하며 서로 잡아먹고, 나아가 새끼들을 죽인다는 풍문이 떠돌았다. 나폴레옹은 식량 사정에 대한 진상이 알려질 때 엄습할 나쁜 결과에 대해 이미 잘 알고 있었다. 그래서 윔퍼 씨를 이용하여 이와는 반대되는 인상을 주도록 소문을 퍼뜨리기로 결심했다. 이제까지 동물들은 매주 찾아오는 윔퍼 씨와 거의, 아니 전혀 접촉이 없었다. 그렇지만 이쯤 되자 대부분 양들로 구성된 몇몇 엄선된 동물들은 그가 듣는 앞에서 일부러 식량 배급이 늘었다고 얘기하라는 지시를 받았다. 게다가 나폴레옹은 창고 속의 빈 궤짝을 거의 모두 모래로 가득 채우고서 그 위를 남은 곡식과 식량으로 덮으라고 명령을 내렸다. 그들은 적당한 핑계를 꾸며 윔퍼를 헛간으로 끌고 가서 궤짝을 슬쩍 보게끔 유도했다. 그는 이 수작에 속아서 동물 농장에는 결코 식량이 부족하지 않다고 세상에 계속 떠들어 댔다.

이런 연극에도 불구하고 일월 말쯤 되자 정말로 어떻게 해서라도 곡식을 입수해야 할 절박한 상황에 이르렀다. 그럼에도 나폴레옹은 공개 석상에 거의 모습을 드러내지 않았다. 그는 하루 종일 그 사납게 보이는 개들이 문마다 지키고 있는 농장 집에서 시간을 보냈다. 외출시에는 매우 의식적인 태도를 지어보였으며, 누구든 그에게 가까이 다가오기만 하면, 그를 바싹 둘러싼 여섯 마리 개들이 으르렁거렸다.

그는 휴일인 일요일 아침에도 나타나지 않았다. 그러나 다른 돼지를 통해 명령 사항을 전달했다. 그 일은 늘 스퀴러가 도맡았다.

어느 일요일 아침, 이제 막 알을 낳기 시작한 암탉들에게 스퀴러는 계란을 바쳐야 한다고 통지했다. 나폴레옹은 윔퍼 씨를 통하여 매주 사백 개의 계란을 팔겠다고 계약을 맺었다. 그 판매 수입으로 여름이 돌아와 형편이 나아질 때까지 농장 유지에 필요한 곡물과 식량을 사들일 수 있으리라는 것이었다.

암탉들은 이 소식을 듣자 엄청난 비명을 질러 댔다. 그들은 일찍이 이러한 희생이 필요해지리라는 경고를 받아 왔다. 그렇지만 이런 일이 실제로 일어나리라곤 믿지 않았다. 그들은 봄에 병아리를 부화시키기 위해 알을 배 한가득 품으려던 참이었다. 그래서 지금 계란을 가져간다는 것은 살육 행위라고 항의했다.

존스 씨가 추방된 이래 처음으로 반란과 비슷한 일이 일어났다. 블랙 미노르카 종의 어린 암탉 세 마리의 지휘 아래, 닭들은 나폴레옹의 요구를 꺾기 위해서 단호한 태도를 보였다. 그들이 취한 방법이란, 서까래로 날아 올라가 거기에서 알을 낳아 땅바닥에 떨어지게 하여 깨뜨려 버리는 것이었다.

나폴레옹은 신속하고도 무자비한 조치를 취했다. 그는 암탉에게 식량 배급을 중지하도록 명령을 내렸다. 그리고 어떤 동물이든 암탉에게 옥수수 한 알이라도 준 자는 사형에 처하겠노라고 공표했다. 개들은 이 명령이 준수되도록 감시했다. 암탉들은 닷새 동안 버티다가 마침내 굴복하고 우리 상자로 돌아왔다. 그러는 동안 암탉 아홉 마리가 죽었다. 그들의 시체는 과수원에 매장되었는데 그들은 콕시듐 병으로 사망했다고 발표되었다. 윔퍼 씨는 이 사건에 대해 아무것도 듣지 못했다. 계란은 일주일에 한 번씩 농장에 들르는 잡화상 마차에 꼬박꼬박 넘겨졌다.

이런 와중에도 스노우볼의 소식은 어디에서도 들을 수 없었다. 하지만 폭스우드나 핀치필드 어느 한 이웃 농장에 그가 숨어 있을 것이라는 소문이 나돌았다.

이 무렵 나폴레옹은 다른 농장들과의 관계를 전과는 달리 약간 개선시켰다. 마침 동물 농장 마당에는 십 년 전 너도밤나무 숲을 벌목할 때 쌓아 놓았던 재목 더미가 있었다. 그런데 그 재목은 아주 잘 말라 있었다. 윔퍼 씨가 나폴레옹에게 그것을 팔도록 권했다. 필킹톤 씨나 프레드릭 씨 둘 다 그것을 구매하고 싶어했다. 둘 중 누구에게 팔 것인지 나폴레옹은 결정을 내리지 못하고 망설였다. 그가 프레드릭과 계약을 맺으려고 할 때면 스노우볼이 폭스우드에 숨어 있다는 소문이 나돌았고, 그가 필킹톤 쪽으로 기울어지면 스노우볼이 핀치필드에 있다는 말이 들려왔다.

이른 봄에 드디어 놀라운 일이 밝혀졌다. 스노우볼이 밤마다 은밀히 농장을 들락거렸다는 사실이었다. 동물들은 너무나 심란해

져서 잠을 이룰 수가 없었다. 그건 다시 말해 그가 밤마다 어둠의 장막을 뚫고 기어들어와 갖가지 못된 짓을 저질렀다는 이야기였다. 그가 옥수수를 훔쳐가고, 우유통을 뒤엎고, 계란을 깨뜨리고, 묘목을 짓밟고, 과일 나무껍질을 벗겨 버렸다는 것이었다.

그 후로 동물들은 무엇이든 일이 여의치 않을 때는 모두 이것을 스노우볼의 탓으로 돌렸다. 유리창이 깨졌다든가, 하수구의 구멍이 막혀도 틀림없이 스노우볼이 밤에 침입하여 그 일을 했다고 말하는 상황이 벌어졌다. 헛간 열쇠가 분실되었을 때에도 모두들 스노우볼이 그 열쇠를 우물에 던져 버렸다고 믿었다. 정말 묘하게도, 둔 곳을 잃어버렸던 열쇠가 곡식 부대 밑에서 발견되었을 때조차 그들은 이것을 스노우볼의 소행이라 믿었다.

암소들은 스노우볼이 우리 속으로 기어들어와 자기들이 잠자고 있는 동안 우유를 짜 갔다고 입을 모아 신고했다. 겨울 내내 골칫거리였던 쥐들이 스노우볼과 한통속이라는 이야기도 나돌았다.

나폴레옹은 스노우볼의 행동을 철저히 규명하라고 명령했다. 그가 시중드는 개들을 데리고 나타나 농장 건물을 돌아다니며 치밀하게 조사를 하는 동안 다른 동물들은 꽤 멀리 떨어져 뒤따랐다.

나폴레옹은 스노우볼을 찾느라고 땅에 코를 대고 킁킁거렸다. 왜냐하면 그는 냄새로 확인할 수 있다고 말했기 때문이다. 그는 창고, 외양간, 닭장, 채소밭 등 구석구석 냄새를 맡아 거의 모든 곳에서 스노우볼의 흔적을 찾아냈다. 그는 코를 땅에다 처박고 몇 번 깊은 숨을 들이마시고서는 무시무시한 목소리로 외쳤다.

"스노우볼! 그놈이 여기 왔었군! 분명히 냄새가 난다!"

그리고 스노우볼이란 단어가 들릴 때마다 개들은 모두 어금니를 드러내 보이며 소름끼치는 소리로 으르렁거렸다.

동물들은 온통 공포에 떨었다. 스노우볼이 마치 자신들의 주위 공기 속에 스며들어, 갖가지 위협으로 협박하는 어떤 보이지 않는 힘처럼 생각되었다.

저녁이 되자 스퀴러는 동물들 모두를 불러 모았다. 그러고는 얼굴에 경악스러운 표정을 지으며 비밀리에 중대한 소식을 전해야겠다고 그들에게 말했다.

"동무들!"

스퀴러는 약간 신경질적으로 펄쩍펄쩍 뛰면서 외쳤다.

"믿을 수 없는 일이 발견되었소. 당장이라도 우리를 침공하여 우리에게서 농장을 탈취해 가려는 핀치필드의 프레드릭에게 스노우볼은 자기 자신을 팔아 버렸소! 공격이 개시되면 스노우볼이 프레드릭의 안내자 역을 맡는다는 것이오. 그러나 이 정도는 아무것도 아니오. 우리는 스노우볼의 배신이 그의 허영심과 야심으로 인한 것이라고 생각해 왔소. 그러나 우리는 잘못 생각했소. 동무들, 그 진정한 이유가 무엇인지 알겠소? 스노우볼은 애당초 존스와 결탁되어 있었소! 그는 존스의 비밀 정보원이었소. 그가 도망칠 때 남겨 놓은 문서를 우리는 지금 막 발견하였소. 이것이 모든 것을 해명해 주고 있다고 생각되오. 동무들, 그가 외양간 전투

에서 어떻게 우리를 패배시키고 멸망시키려 했는지—다행히도 그
들은 실패했지만—우리 스스로가 보지 않았습니까?"

이 말에 동물들은 망연자실했다. 이것은 스노우볼이 풍차를 파
괴했던 일을 훨씬 능가하는 악행이었다. 그러나 이는 몇 분 후 그
들이 그 사실에 대해 충분히 납득이 갈 만큼 설명을 들은 다음에
지닌 생각이었다. 왜냐하면 스노우볼이 전투 당시, 선두에 서서
싸우던 것과 그가 모든 고비마다 어떻게 그들을 규합하여 사기를
불어 넣었으며, 존스 씨의 총알이 그의 등에 상처를 낸 순간에도
어떻게 싸웠는지 동물들 모두가 기억하고 있거나 기억한다고 생
각했기 때문이다.

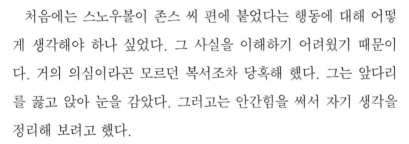

처음에는 스노우볼이 존스 씨 편에 붙었다는 행동에 대해 어떻
게 생각해야 하나 싶었다. 그 사실을 이해하기 어려웠기 때문이
다. 거의 의심이라곤 모르던 복서조차 당혹해 했다. 그는 앞다리
를 꿇고 앉아 눈을 감았다. 그러고는 안간힘을 써서 자기 생각을
정리해 보려고 했다.

"나는 그걸 믿을 수 없소."

복서가 입을 열었다.

"스노우볼은 외양간 전투에서 용감무쌍하게 싸웠소. 내 두 눈
으로 똑똑히 보았소. 그 전투 직후에 우리는 그에게 '제 일급 동
물 영웅 훈장'을 주지 않았던가요?"

"그것이 우리 실수였소. 동무, 우리는 지금에서야 그가 실제로
우리를 파멸로 유혹하려고 했다는 것을 알았소. 우리가 찾아낸

동물농장

83

비밀 문서에 그 모든 것이 적혀 있소."

"그러나 그는 부상도 입었습니다."

복서의 의문은 쉽게 풀리지 않았다.

"그가 피를 흘리면서 달리는 것을 우리 모두가 보았단 말이오."

"그것이 바로 미리 계획한 각본의 일부란 말이오!"

스퀴러가 외쳤다.

"존스의 총알은 그저 슬쩍 스치기만 한 것이오. 당신들이 글을 읽을 수만 있다면 나는 스노우볼이 쓴 이 문서를 보여 드릴 수 있소. 그 음모란 다름 아닌, 위급한 순간에 처했을 때 스노우볼이 도망가라는 신호를 함으로써 우리들을 적에게 넘겨주려는 것이었소. 그리고 그는 거의 성공할 뻔했소. 감히 말하겠는데, 우리의 영웅적인 지도자 나폴레옹 동무가 아니었더라면 그의 계획은 성공했을 것이오. 존스와 그의 일꾼들이 마당 안으로 들어오던 바로 그 순간, 스노우볼이 갑자기 뒤를 돌아서 줄행랑쳤고, 많은 동물들이 그의 뒤를 따라갔던 것을 여러분은 기억하고 있지 않소? 그리고 공포에 휩싸여 모두 얼이 빠진 듯한 바로 그 순간에 나폴레옹 동무가 '인간을 죽여라!' 하고 외치며 뛰어나와 존스의 다리를 이빨로 물어뜯던 것을 여러분은 기억하고 있을 것이오! 여러분은 그것을 분명히 기억하죠?"

스퀴러는 이리저리 뛰어다니며 고함을 질렀다.

스퀴러가 그 장면을 그토록 생생하게 묘사하자 동물들은 정말로 그 일이 생각나는 것 같았다. 어찌되었든 가장 위급했던 순간에 스노우볼이 도망가려고 뒤로 돌아섰던 것을 그들은 기억했다. 그러나 복서는 여전히 수긍할 수 없다는 표정이었다.

"나는 스노우볼이 처음부터 반역자였다고는 믿어지지 않소."

그는 마침내 말을 뱉었다.

"그가 나중에 한 일은 별개의 문제요. 전투에서 그는 훌륭한 전우였다고 믿소."

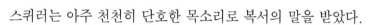

스퀴러는 아주 천천히 단호한 목소리로 복서의 말을 받았다.

"우리의 지도자 나폴레옹 동무는, 단정적으로 스노우볼이 처음부터, 그렇소, 봉기를 구상하기 훨씬 오래 전부터 존스의 정보원이었다고 언명하셨소."

"아, 그렇다면 다르죠!"

복서가 말했다.

"나폴레옹 동무가 그렇게 말했다면 그것이 옳겠군요."

"그게 올바른 정신이요, 동무!"

스퀴러가 외쳤다. 그러나 그 작고 반짝거리는 눈초리로 그가 복서에게 아주 험상궂은 표정을 보내는 것을 알 수 있었다. 그는 돌아서서 가려다가 걸음을 멈추고 한마디 덧붙였다.

"나는 이 농장의 모든 동물들에게 눈을 크게 뜨고 있으라고 충고하고 싶습니다. 스노우볼의 비밀 정보원 몇 명이 이 순간에도 우리 가운데 숨어 있다고 생각할 만한 이유를 몇 가지 갖고 있으니까 말이오!"

그로부터 나흘이 지난 늦은 오후에 나폴레옹은 모든 동물들에게 마당으로 집합하라고 명령했다. 그들이 모두 모이자 나폴레옹은 두 개의 메달을 달고(그는 얼마 전 자신에게 '제 일급 동물 영웅'과 '제 이급 동물 영웅' 훈장을 수여했으므로) 농장 집에서 모습을 나타냈다. 그리고 아홉 마리의 덩치 큰 개들이 그의 주위를 이리저리 뛰어다니면서 모든 동물들의 등골이 오싹하도록 으르렁거렸다.

무언가 무시무시한 일이 벌어지리라는 것을 미리 눈치챈 것처럼 동물들은 모두가 겁에 질려 제자리를 찾아 조용히 웅크리고 앉아 있었다.

나폴레옹은 준엄하게 서서 청중을 훑어보더니 높고 날카롭게 소리를 질렀다. 그 즉시 개들이 앞으로 뛰쳐나와 네 마리의 돼지 귀를 물고서 고통과 공포에 싸여 비명을 지르는 그들을 나폴레옹 앞으로 끌어냈다. 돼지들의 귀에서는 피가 흘렀다. 개들은 피 맛을 보고, 한동안 미친 듯이 날뛰었다. 그리고 놀랍게도, 그 개들 중 세 마리가 복서에게 덤벼들었다. 복서는 그들이 덤비는 것을 보고 큼직한 앞 발굽을 들어 공중으로 뛰어드는 개 한 마리를 발로 차 땅바닥에 짓눌렀다. 그 개는 살려 달라고 처참하게 비명을 질렀다. 그리고 다른 두 마리는 꼬리를 다리 사이에 끼우고 도망을 쳤다. 복서는 이 개를 밟아 죽일지 살려 두어야 할지 고민하다가 나폴레옹이 어떻게 나올지 궁금해 그의 행동을 살펴보았다.

나폴레옹은 안색을 바꾸더니 복서에게 개를 놓아 주라고 날카로운 소리로 명령했다. 그러자 복서는 다리를 들어 올렸다. 개는 피를 흘리며 낑낑거리면서 슬금슬금 사라졌다.

이윽고 소란이 가라앉았다. 네 마리 돼지들은 부들부들 떨면서 기다리고 있었는데, 그들의 얼굴에 나타난 표정 하나하나가 유죄라고 씌어 있는 듯 보였다. 나폴레옹은 그들에게 죄를 자백하라고 요구했다. 그들은 나폴레옹이 일요 회합을 폐기시켰을 때 항의하고 나섰던 바로 그 네 마리 돼지였다. 따로 재촉한 것도 아니었음에도 그들은 다음과 같은 사실을 자백했다.

스노우볼이 추방당한 이후로 그와 비밀리에 접촉해 왔으며, 그와 합심하여 풍차를 부수었고, 동물 농장을 프레드릭 씨에게 넘겨주기로 그와 협정을 맺었다는 것 등을 털어놓았다. 그들은 덧붙여서 스노우볼이 지난 몇 년 동안 존스 씨의 비밀 정보원이었다는 사실도 밝혔다.

돼지들이 자백을 마치자마자 개들이 잽싸게 그들의 목을 물어뜯었다. 나폴레옹은 무시무시한 목소리로 다른 동물들은 털어 놓을 것이 없느냐고 다그쳤다.

그러자 계란 문제를 두고 반란을 기도했던 세 마리 암탉이 나폴레옹 앞으로 나왔다. 그리고 진술하기를, 꿈에 스노우볼이 그들에게 나타나 나폴레옹의 명령에 복종하지 말라고 하더라는 것이었다. 그들 역시 학살당했다. 그런 다음 거위 한 마리가 앞으로 나와 지난해 수확기에 옥수수 여섯 알을 숨겨 두었다가 밤에 먹었다고 자백했다. 그 다음 양 한 마리가, 마시는 우물에 오줌을 누었다고—이는 스노우볼이 선동했노라고 그녀는 말했다—털어

놓았다. 그러자 다른 두 마리의 양은, 나폴레옹의 충실한 추종자였던 늙은 염소 한 마리를, 그가 감기에 걸려 고생할 때에 모닥불 주위를 빙빙 돌며 붙잡아서 살해해 버렸다고 자백했다. 그들은 모두 그 즉석에서 처형되었다.

이런 방식으로 자백과 처형이 계속되었다. 마침내 나폴레옹의 발 앞에는 시체들이 산을 이루었고, 주위의 공기는 피비린내를 머금어 묵직해졌다. 존스 씨가 추방된 이래 맡아 보지 못한 냄새였다.

이 모두가 끝나자 돼지와 개들만 남고 나머지 동물들은 모두 한 덩어리가 되어 슬금슬금 물러갔다. 몸은 떨리고 마음은 침통했다. 그들은 스노우볼과 공모했던 동물들의 반역이 더 놀라운지, 방금 그들이 목격한 잔인한 처벌이 더 충격적인지 알지 못했다.

옛날에도 이에 못지않은 무시무시한 유혈 사태가 이따금 벌어졌었다. 그러나 이번 것은 자기 자신들 사이에서 벌어진 일이었기 때문에 훨씬 더 끔찍하게 여겨졌다.

존스 씨가 농장에서 쫓겨난 이후로 지금까지 그 어떤 동물이든 지간에 다른 동물의 생명을 빼앗은 적은 없었다. 쥐 한 마리조차 죽인 적이 없었다. 그들은 반쯤 완성된 풍차가 서 있는 둔덕으로 몰려올라가, 마치 온기를 찾아 서로 엉키듯 한 덩어리가 되어 둘러앉았다. 나폴레옹이 동물들에게 집합하라고 명령하기 바로 직전에 사라진 고양이만 빼고 클로버, 뮤리엘, 벤자민, 암소들, 양들, 거위와 암탉 모두가 모였다. 한동안 아무도 말이 없었다. 오직 복서만이 서 있을 뿐이었다.

그는 기다란 검은 꼬리를 옆구리 쪽으로 휘두르고 이따금 놀랍다는 듯 조그맣게 한숨을 내쉬면서 가만히 있지 못하고 서성거렸다. 그리고는 드디어 입을 열었다.

"나는 이해가 가지 않소. 이런 일이 우리 농장에서 벌어질 수 있으리라고는 상상도 하지 못했단 말이오. 우리가 무엇인가 잘못한 탓이겠지요. 내가 생각하기에는, 해결점이란 열심히 일하는 것뿐이에요. 앞으론 아침에 한 시간씩 더 일찍 일어날 거예요."

그러더니 그는 뚜벅뚜벅 무거운 걸음으로 채석장으로 향했다. 그곳에 도착한 후 계속해서 두 짐분의 돌 더미를 모은 다음 밤이 깊어 일을 그만두기 전까지 풍차 쪽으로 그것을 끌고 내려왔다.

동물들은 말없이 클로버 주위에 몰려 앉았다. 그들이 앉아 있는 둔덕에서는 그 고을을 훤히 내다볼 수 있었다. 대부분의 동물 농장이 그들의 시야에 들어왔다. 큰길을 향해 길게 뻗은 목장이며, 건초밭, 덤불숲, 음료용의 우물, 이제 갓 싹이 튼 밀이 초록빛으로 무성하게 서 있는 밭, 굴뚝에서 무럭무럭 연기가 오르는 농장 건물의 붉은 지붕들, 이런 모든 것들이 한눈에 들어왔다. 쾌청한 봄날 저녁이었다. 풀과 흩어진 울타리가 저녁 햇살을 받아 황금빛으로 빛나고 있었다. 이 농장이 그들에게 이처럼 멋진 곳으로 보인 적은 이제껏 없었다. 그들은 이것이 그들 자신의 농장이라고, 한 뼘의 땅까지도 모두가 자신들의 소유지라는 생각이 들자 경이감과 비슷한 감정이 느껴졌다.

언덕 아래를 내려다보던 클로버의 눈에 눈물이 가득 괴었다. 만약 그녀에게 자기 생각을 말할 권리가 있었다면, 여러 해 전에 그들이 인간을 전복시키려는 작업에 착수했을 때 목표로 했던 것은 결코 이런 것이 아니었다고 말했을 것이다. 이런 공포와 학살의 장면은 메이저 영감이 처음 그들에게 봉기하라고 선동하던 날 밤에 그들이 생각한 것이 아니었다. 그녀 나름대로 미래의 꿈을 갖고 있었다면 그건 다음과 같은 것이었다. 모두가 굶주림과 채찍으로부터 해방되고, 모두가 평등하며, 자기 능력에 따라 노동을 하고, 마치 메이저의 연설이 있던 날 밤 자기가 앞다리로 오리 새끼들을 감싸서 보호해 주듯 강자가 약자를 보호해 주는 그런 동물 사회였다.

그런데 이와는 반대로—그녀는 왜 사태가 이렇게 되었는지 알 수 없었다—아무도 속에 든 이야기를 두려워서 하지 못하고, 사납게 으르렁거리는 개들이 사방을 휩쓸고 다니고, 게다가 충격적인 범죄를 스스로 자백한 후에 동무들이 조각조각 찢겨 죽는 참상을 목격해야 하는 그런 비극만이 찾아왔다.

그녀 마음속에는 반란이라든가 불복종이란 있을 수 없었다. 비록 사태가 이렇게 되었을망정 존스 씨가 있던 시대보다는 지내기가 훨씬 좋아졌으니, 다른 무엇보다도 인간이 다시 돌아오는 것을 방지할 필요가 있다고 그녀는 실감하고 있었다. 무슨 일이 일어나든지 그녀는 충성스럽게 최선을 다해 일할 것이다. 그리고 자신에게 떨어진 명령을 수행하며 나폴레옹의 통치권을 받아들일 것이다. 그렇지만 그녀와 여타 동물들이 꿈꾸며 애써 온 것은 결코 이런 것을 위해서가 아니었다. 그들이 풍차를 건설한 것도, 존스 씨의 총탄에 맞서 싸웠던 것도 결코 이런 것을 위해서가 아니었다. 그녀는 말로 표현하지는 못했지만 생각은 대충 이러했다.

마침내 그녀는 말로 표현할 수 없는 대신, 이와 같은 내용을 달리 나타내려는 듯 '영국의 동물들'을 부르기 시작했다. 그녀 주위에 앉았던 동물들이 그 노래를 따라 불렀다. 그들은 훌륭한 가락으로, 그러나 전과는 아주 달리 느릿느릿하고 슬픈 목소리로 그 노래를 세 차례나 불러 댔다.

그들이 막 세 번째 노래를 끝냈을 때 두 마리의 개를 대동한 스퀴러가 무엇인가 중요한 말이 있다는 표정으로 그들에게 다가왔다. 그는 나폴레옹 동무의 특별 훈령에 따라 '영국의 동물들'이 폐지되었다고 발표했다. 이제부터는 그 노래를 부르는 것이 금지되었다는 것이었다. 동물들은 깜짝 놀랐다.

"왜 그러죠?"

뮤리엘이 다급히 물었다.

"그건 이제 필요 없게 되었소, 동무."

스퀴러가 굳은 얼굴로 말했다.

"'영국의 동물들'은 봉기의 노래요. 그러나 봉기는 이제 완성되었소. 오늘 오후에 있었던 반역자 처형이 그 마지막 행동이었소. 이제 내외의 모든 적은 패배하고 말았소. 우리는 '영국의 동물들'에서 다가올 미래에 이룰, 더 좋은 사회에 대한 우리의 동경을 표현했었소. 그러나 이제는 그 사회가 확립되었단 말이오. 그러니 이 노래는 더 이상 아무런 목적이 없는 것이오."

그들은 두려웠지만 그중 몇몇 동물들은 용기를 내어 항의하기 시작했다. 그러나 그 순간 양들은 늘 부르는 "네 다리는 좋고, 두 다리는 나쁘다"를 합창하기 시작했다. 그것이 몇 분이나 계속되자, 결국 토론을 막아 버렸다.

그래서 '영국의 동물들'은 더 이상 동물 농장에서 들을 수 없었다. 그 대신에 시를 쓰는 미니무스가 다른 노래를 작곡했다. 그 서두는,

동물 농장, 동물 농장,
나를 따르면 그대 해받지 않으리니!

로 시작되었다. 그런데 이 노래는 매주 일요일 아침 기를 게양한 뒤에 제창되었다. 그러나 동물들에게는 그 가사나 곡조가 아무래도 '영국의 동물들'에는 버금갈 수 없는 것으로 느껴졌다.

8

며칠 후, 처형으로 일어났던 극심한 공포가 가라앉았을 때, 몇몇 동물들은 여섯번 째 계명 '어떤 동물도 다른 동물을 죽여서는

안 된다' 를 기억했다. 아니 그들이 기억하고 있는 듯한 생각이 들었다. 돼지나 개들이 듣는 데서 이 말을 꺼내는 자는 아무도 없었지만, 전에 발생한 살해 행위가 이 계명을 깨뜨린 것이나 다름없다고 생각했다.

클로버는 벤자민에게 여섯번 째 계명을 읽어 달라고 청했다. 그러나 벤자민은 늘 그렇듯이 이런 일에 끼어들기를 거부했으므로 그는 뮤리엘을 데리고 갔다. 뮤리엘은 그녀에게 그 계명을 읽어 주었다. 그 내용은 다음과 같았다.

'어떤 동물도 이유 없이 다른 동물을 죽여서는 안 된다.'

어떻게 된 일인지 '이유 없이' 란 단어가 동물들의 기억에는 없었다. 그들은 그때에야 그 계명이 침해당하지 않았다는 것을 깨달았다. 왜냐하면 스노우볼과 결탁했던 반역자들을 죽일 만한 정당한 이유가 분명히 있었기 때문이었다.

그해 내내 동물들은 지난해 일했던 것보다 훨씬 더 열심히 일을 했다. 전에 시도했던 것보다 벽이 두 배나 두꺼운 풍차를 재건하는 데는, 더구나 이미 주어진 농장 일을 하면서 그것을 예정된 날짜까지 마쳐야 하는 데는 어마어마한 노동력이 동원되었다.

존스 씨 시절보다 더 많은 시간을 일하면서도 먹을 것이라곤 조금도 나아진 게 없는 것처럼 생각되는 때도 적잖이 있었다.

일요일 아침이면 스퀼러는 기다란 종이 쪽지를 앞발로 받쳐 들고 각종 식량 생산이 경우에 따라 이백, 삼백, 혹은 오백 퍼센트까지 증가했다는 것을 입증해 주는 통계표의 숫자를 낭독해 주곤 했다. 동물들은 봉기 전의 상태가 어떠했는지를 아주 정확히 기억할 수 없었기 때문에 스퀴러의 말을 믿지 않을 이유가 없었다. 그럼에도 불구하고 그들은 숫자는 줄어들어도 좋으니 식량이나 많아졌으면 하고 바라기 사작했다.

모든 명령들은 스퀴러나 다른 돼지들을 통해 발표되었다. 나폴레옹 자신은 공개 석상에 이 주일에 한 번쯤 모습을 보일까 말까 하는 정도였다. 간혹 모습을 드러낼 때에는 반드시 수행원인 개뿐만 아니라 검고 젊은 수탉을 대동하고 다녔다. 이 수탉은 나폴레옹 앞에서 종종거리고 다녔다. 그리고 나폴레옹이 연설을 하기 전에 큰 소리로 "꼬끼오 꼭 꼭" 외치며 일종의 나팔수 노릇을 했다. 농장 집에서조차 나폴레옹은 다른 동물들과 다른 방에서 거처한다는 이야기가 떠돌았다.

그는 두 마리 개가 옆에서 호위하고 있는 가운데 혼자서 식사를 하며, 응접실 유리 찬장에 있는, 크라운 더비제 자기(왕실의 인가를 받은 증거로서 제작 물품에 왕관표를 넣은 고급 그릇)를 사용한다는 것이었다. 다른 두 기념일과 마찬가지로 나폴레옹의 생일에도 축포를 쏘아 올릴 것이라는 발표가 또 있었다.

나폴레옹은 이제 단순히 나폴레옹이라고만 호칭되지 않았다. 그는 언제나 공식적으로 '우리의 지도자 나폴레옹 동무'라고 칭해졌다. 돼지들은 그에게 '모든 동물의 아버지'니 '인류의 공포', '양떼의 보호자', '새끼 오리의 친구' 등등과 같은 명칭을 만들어 붙이기를 좋아했다.

스퀴러는 다음과 같은 대목에 이르러서는, 다시 말해 나폴레옹의 지혜라든가, 그의 따스한 마음씨, 그리고 특히 아직도 다른 농장에서 무지하게, 노예처럼 예속되어 살고 있는 불행한 동물들에 대해 그가 품고 있는 깊은 애정을 이야기할 때면 두 뺨에 눈물을 줄줄 흘리기까지 했다.

성공을 거둔 모든 실적이라든가 갖가지 행운은 나폴레옹의 공로로 돌려지는 것이 일상적이었다. 한 암탉이 다른 암탉에게 다음과 같이 종알거리는 것을 흔히 들을 수 있었다.

"우리의 지도자 나폴레옹 동무의 지도로 나는 엿새 동안 알을 다섯 개 낳았어."

또는 두 마리의 암소가 시원스레 샘에서 물을 마시며 이렇게 외치는 소리도 들을 수 있었다.

"나폴레옹 동무의 지도력에 감사해야 돼, 이 물이 얼마나 맛있느냐 말이야."

전반적인 농장 분위기는 미니무스가 지은, '나폴레옹 동무'라고 명명된 시에 잘 표현되어 있었다.

아버지 없는 자의 친구!
행복의 샘이여!
먹이통의 주님이여! 오, 내 영혼은
그대의 침착하고 위풍당당한 눈을
바라볼 때 불타오르나니,

하늘의 태양 같은
나폴레옹 동무여!

그대는 그대의 모든 동물들이 좋아하는
그 모든 것을 주는 자,
하루 두 번 배부르게 하고
깨끗한 밀짚에 뒹굴게 하여
크고 작은 모든 짐승들이
그 우리 속에서 평화스레 잠잔다.
그대 모든 걸 돌봐 주시는,
나폴레옹 동무여!

내 젖먹이 새끼가 태어나면
큰 병이나 국수방망이만큼
크게 자라기도 전에
그대에게 충성스럽고
진실되어야 할 것을 먼저 배우게 하겠노라.
그렇다, 그가 외쳐야 할 첫 소리란,
"나폴레옹 동무여!"이어야 할지니.

나폴레옹은 이 시가 마음에 들어서 큰 헛간 벽, 칠계명 맞은편
끝에 써 놓도록 했다. 이 시 위에는 스퀴러가 흰 페인트로 그린

나폴레옹의 초상화가 걸려 있었다.

이러는 동안 나폴레옹은 윔퍼 씨의 알선으로 프레드릭과 필킹 톤을 상대로 복잡다단한 교섭을 벌이고 있었다.

목재 더미는 아직 팔리지 않은 채 쌓여 있었다. 두 사람 중 프 레드릭이 그것을 사려고 더 열을 올렸다. 하지만 그는 합당한 가 격을 지불하려 들지 않았다. 이와 동시에 프레드릭과 그의 일꾼 들이 동물 농장에 침입하여 풍차를 때려 부술 음모를 꾸미고 있 다는 새로운 소문이 떠돌았다. 이 풍차 건물이 그에게 열화 같은 분노를 일으켰던 것이다.

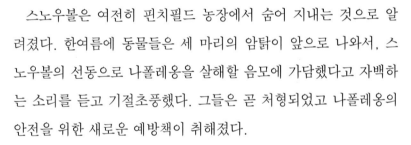

스노우볼은 여전히 핀치필드 농장에서 숨어 지내는 것으로 알 려졌다. 한여름에 동물들은 세 마리의 암탉이 앞으로 나와서, 스 노우볼의 선동으로 나폴레옹을 살해할 음모에 가담했다고 자백하 는 소리를 듣고 기절초풍했다. 그들은 곧 처형되었고 나폴레옹의 안전을 위한 새로운 예방책이 취해졌다.

밤이 되면 네 마리의 개가 네 귀퉁이에서 그의 침대를 지켰다. 그리고 핑크아이라는 어린 돼지가 혹시 독이 들어 있을까 봐 나 폴레옹이 먹기 전에 모든 음식을 미리 맛보는 책임을 맡았다.

바로 이 무렵에 나폴레옹이 재목 더미를 필킹톤 씨에게 팔기로 했다는 소문이 농장 전체에 파다하게 돌았다. 또한 동물 농장과 폭스우드 농장이 특정 생산품을 교환하자는 계약을 정식으로 체 결하려고 하고 있었다. 비록 윔퍼 씨를 통해서이기는 하지만 나 폴레옹과 필킹톤 사이의 관계는 거의 우호적으로 변해 가고 있었다. 동물들은 필킹톤을 인간이란 이유로 불신했다. 그러나 그들이 두려워할 뿐만 아니라 미워하는 프레드릭보다는 단연 그를 좋아했다.

여름이 한발 물러가고, 풍차가 거의 완성될 즈음, 반역자들의 공격이 임박해졌다는 소문이 더욱더 거세게 들려왔다. 그 이야기는 다음과 같다. 프레드릭이 총으로 무장한 스무 명의 사람을 이끌고 그들을 공격할 계획이며, 동물 농장의 부동산 권리 증서만 수중에 넣는다면 아무런 문책도 받지 않도록 이미 군수와 경찰을 매수했다는 이야기였다. 더욱이 프레드릭이 자기 동물들에게 자행한 가혹한 짓에 대해 무시무시한 이야기가 핀치필드에서 흘러나왔다. 늙은 말을 채찍질로 죽였다든가, 암소를 굶겨 죽였다든가, 개를 아궁이에 집어던져 살해했다든가, 저녁이면 발톱에 면도날 조각을 붙인 수탉들을 싸움시키는 데 그가 재미를 붙였다는 따위의 것이었다.

동물들은 자기와 같은 동물들에게 가해지는 이런 만행에 대한 이야기를 들었을 때 온몸의 피가 분노로 끓어올랐다. 그리고 일치단결하여 핀치필드 농장을 공격하여 인간들을 몰아내고 동물을 해방시켜 주자고 때로는 아우성을 쳤다. 그러나 스퀴러는 경솔한 행동은 피하고 나폴레옹 동무의 전략을 믿으라고 그들에게 권고했다. 그럼에도 불구하고 프레드릭에 대한 반감은 계속 고조되었다.

어느 일요일 아침 나폴레옹은 헛간에 나타나 프레드릭에게 재목 더미를 팔려는 생각은 한 번도 해본 적이 없다고 해명했다. 그런 악당들과 거래한다는 것은 자기 체면을 손상시키는 것으로 생각한다고 덧붙여 말했다.

봉기의 소식을 퍼뜨리기 위해 여태껏 외부에 파견되었던 비둘기들은 폭스우드 농장에는 아예 발을 들여놓지 말도록 금지되었다. 그리고 그들은 전에 내건 '인간을 죽여라'란 슬로건을 '프레드릭을 죽여라'로 바꾸라는 명령을 받았다.

동 물 농 장

늦여름에 스노우볼의 또 다른 음모가 모두에게 공개되었다. 밀밭에 잡초가 가득 섞여 있었는데, 이는 스노우볼이 밤에 몰래 들어와서 밀씨에다 잡초씨를 섞어 놓았던 것으로 밝혀졌다. 이 음모에 내통했던 수커위 한 마리가 스퀴러에게 자기 죄를 자백한 후 즉시 유독 식물인 열매를 먹고 자살했다. 동물들은 이제 스노우볼이 '제 일급 동물 영웅' 훈장을 받은—많은 동물들은 지금까지 그렇게 믿어 왔지만—사실이 없다는 것을 알게 되었다. 이 이야기는 '외양간 전투'가 있고 얼마 후 스노우볼 자신이 퍼뜨린 전설에 지나지 않았다. 훈장을 받기는 고사하고 전투에서 비겁한 행동을 보였기 때문에 문책을 받았다는 것이었다. 몇몇 동물들은 이 말을 듣고 다시 한 번 당혹감을 느껴야 했다. 그러나 스퀴러가 그들의 기억이 잘못된 것이었다고 곧 설득시켜 주었다.

가을이 되어 전심전력을 쏟아 붓는 엄청난 노력 끝에—이와 거의 비슷한 시기에 곡식을 거두어들여야 했기 때문에—풍차가 완공되었다. 앞으로 기계를 설치해야 할 일만 남았다. 윔퍼 씨가 기계 구입을 교섭하고 있었다. 그러던 중 건물 뼈대만은 완성되었다. 갖가지 난관에 부딪쳤음에도 불구하고, 경험도 없이 원시적인 도구를 사용했다. 게다가 불운과 스노우볼의 배신에도 굴하지 않고 이 작업을 예정된 바로 그날에 정확히 끝냈다. 동물들은 피로에 찌들었지만 자랑스러움에 차 자기들이 만든 걸작품 주위를 빙글빙글 돌았다. 그들의 눈에는 그것이 처음 세워졌던 때보다 훨씬 아름답게 보였다. 더구나 그 벽의 두께는 먼저 시도했던 것보다 두 배나 두꺼웠다. 자 이제, 폭탄을 쓴다면 몰라도 다른 어떤 것으로도 이 벽을 무너뜨릴 수 없으리라! 그들은 얼마나 많은 수고를 했으며, 숱한 좌절을 극복했던가! 풍차의 날개가 돌아 발전기가 가동을 하면 그들 생활에 얼마나 큰 변화가 찾아올까라는 생각을 하자, 그들의 피로는 말끔히 씻겼다. 그래서 그들은 풍차 주위를 돌면서 승리의 함성을 외쳤다. 나폴레옹도 자신의 개들과 수탉을 데리고 완성된 풍차를 시찰하러 몸소 내려왔다. 그는 개인적으로 동물들의 노고를 치하하면서 이 풍차를 '나폴레옹 풍차'라 부르겠다고 선언했다.

이틀이 지난 후 동물들은 헛간에서 특별 회합이 있으니 모두 모이라는 지시를 받았다. 나폴레옹이 재목 더미를 프레드릭에게 매매하겠다고 발표하자, 그들은 깜짝 놀라 모두 입을 다물지 못했다. 내일 프레드릭의 마차가 와서 그것을 실어간다는 것이었다. 겉으로는 필킹톤과 우의를 지키는 체하며 나폴레옹은 줄곧 프레드릭과 실제로 비밀 협상을 벌이고 있었던 것이다.

폭스우드와의 모든 관계는 중단되었고, 굴욕적인 메시지가 필킹톤에게 전달되었다. 비둘기들은 핀치필드 농장을 피하고 '프레드릭을 죽여라'에서 '필킹톤을 죽여라'로 그들의 슬로건을 바꾸라는 명령을 받았다. 이와 동시에 나폴레옹은 동물 농장에 대한 공격이 임박했다는 소문은 전혀 사실이 아니며, 나아가 프레드릭이 자기 농장 동물들을 잔혹하게 대한다는 이야기도 상당히 과장되었던 것이라고 말하며 동물들을 설득시켰다. 아마 이 모든 소문의 근원은 스노우볼과 그의 정보원들이 퍼뜨렸으리라는 것이었다.

어쨌든 스노우볼이 핀치필드 농장에 숨어 있지 않다는 사실이 그쯤 되어 밝혀졌다. 그는—전해지는 말에 의하면 비교적 호화스럽게—폭스우드에서 살고 있는데, 지난 몇 년 동안 실제로 필킹톤의 심부름꾼으로 지내 왔다는 것이었다.

돼지들은 나폴레옹의 교묘한 솜씨에 넋을 잃고 기뻐했다. 그의 말에 따르면 필킹톤과 친한 척해 보임으로써 프레드릭으로 하여금 가격을 십이 파운드나 올리지 않을 수 없도록 했던 것이다. 그러나 스퀼러의 말에 의하면 나폴레옹의 탁월한 성품은, 그가 아무도, 심지어는 프레드릭조차 믿지 않는다는 사실에서 엿볼 수 있다는 것이었다. 프레드릭은 종이 쪽지에다가 지불을 약속한다고 끄적거린 소위 수표라는 것으로 재목 대금을 지불하려 들었다. 그러나 나폴레옹은 그보다 훨씬 현명했다.

그는 재목을 실어 가기 전에 오 파운드짜리 지폐로 지불하기를 요구했다. 그래서 프레드릭은 이미 지불을 끝냈으며, 그가 지불한 총액은 풍차의 기계를 구입하기에 충분한 것이었다.

그 동안 재목은 신속히 실려 나갔다. 이 일이 모두 끝나자 프레드릭이 지불한 지폐를 동물들이 구경하도록 하기 위해 또 한 번 특별 회합을 헛간에서 열었다. 나폴레옹은 더없이 흐뭇한 듯 미소를 띠고 두 개의 훈장을 번쩍이면서 연단 위 밀짚으로 만든 침대에 자리를 잡고 앉았다. 그 옆에는 농장 집 부엌에서 가져온 도자기 접시 위에 지폐가 가지런히 쌓여 있었다. 동물들은 열을 지어 천천히 발걸음을 옮기며 실컷 들여다보았다. 복서는 코를 갖다 대고서 킁킁거리며 지폐 냄새를 맡았는데, 그의 숨결에 따라 엷은 종이들이 살랑살랑 나풀거렸다.

이로부터 사흘 후 무시무시한 소동이 벌어졌다. 얼굴이 사색이 된 윔퍼 씨가 자전거를 타고 달려와서는 자전거를 마당에 내동댕이치고 곧바로 농장 집으로 뛰어 들어갔다. 그 다음 순간 숨막힐 듯한 분노의 고함 소리가 나폴레옹의 방에서 터져 나왔다. 여기서 벌어진 일이 삽시간에 농장에 퍼졌다. 그 화폐가 위조 화폐라니! 프레드릭이 공짜로 재목을 가져간 것이 아닌가!

나폴레옹은 즉시 동물들을 소집하여 매서운 목소리로 프레드릭에게 사형 선고를 내렸다. 나폴레옹은 프레드릭이 체포되는 날이면 그를 산 채로 끓는 물에 던져 죽이겠다고 말했다. 동시에 이런 배신 행위 후에 뒤따를 최악의 사태를 예상해야 한다고 동물들에게 경각심을 높였다.

프레드릭과 그의 일꾼들이 언젠가는 장기전으로 예상되는 공격을 해 올지 모를 일이었다. 그래서 농장 곳곳에 보초를 서게 했다. 이에 추가해서 비둘기들은, 필킹톤과 우호 관계를 회복시키기를 희망한다는 화해 메시지를 가지고 폭스우드로 파견되었다.

예상보다 빠르게 바로 이튿날 아침 공격이 개시되었다. 동물들이 아침식사를 하고 있을 때 파수꾼이 뛰어들어와 프레드릭과 그의 추종자들이 벌써 다섯 개의 빗장이 달린 문을 통과했노라고 보고했다.

동물들은 매우 용감하게 출동하여 그들을 상대했으나 이번에는 '외양간 전투'에서처럼 쉽사리 승리를 거두지 못했다. 적은 열다섯 명으로 반 정도가 총을 휴대하고 있었다. 이들은 동물들이 오십 야드 이내에 이르자 사격을 개시했다. 동물들은 무시무시한 폭음과 번개처럼 날아오는 총알을 감당해 낼 수 없었다.

나폴레옹과 복서가 동물들을 규합하려고 애썼음에도 불구하고 모두들 사방으로 달아났다. 그들 중 상당수는 이미 부상을 입고 있었다. 동물들은 농장 건물로 피신하여 벽 틈이나 나무 옹이 구멍으로 조심스레 내다보았다. 풍차를 포함한 목장 전체가 적의 수중에 들어갔다. 한동안 나폴레옹조차도 어쩔 줄 모르는 표정이었다. 그는 꼬리를 폈다 꼬았다 하면서 말없이 이리저리 왔다갔다했다. 무엇인가 간절한 시선이 폭스우드 쪽으로 향했다. 필킹톤과 그의 일꾼들이 도와준다면 전투를 승리로 이끌 수 있을 것 같았다. 그러나 바로 그 순간 어제 파견했던 네 마리 비둘기들이 돌아왔다. 그중 한 마리가 필킹톤이 보낸 종이 쪽지를 갖고 있었다. 거기에는 연필로 '거 꼴 좋다'라고 적혀 있었다.

이러는 사이에 프레드릭과 그의 부하들은 풍차 근처에 멈추어 섰다. 동물들은 그들을 관찰하면서 낙심에 찬 비탄의 소리를 내었다. 그들 중 두 사람이 지렛대와 큰 망치를 꺼내 놓았다. 그들은 풍차를 때려 부술 참이었다.

"그렇게는 안 돼!"

나폴레옹이 외쳤다.

"우리가 저런 짓에 대비해서 벽을 두껍게 만들었단 말이야. 이 주일이 걸려도 그걸 부수지 못할걸. 용기를 냅시다! 동무들!"

그러나 벤자민은 줄곧 그 자들의 동작을 유심히 지켜보고 있었다. 망치와 지렛대를 가진 두 사람이 풍차 밑 가까이에 구멍을 뚫고 있었다. 벤자민은 천천히 거의 유쾌하다는 듯한 표정까지 지으며 그의 긴 콧등을 끄덕이고 있었다.

"내 그러리라고 생각했지."

그는 입을 벌렸다.

"저들이 무얼 하고 있는지 모르겠소? 잠시 후면 저들은 저 구멍에 폭약을 넣을 것이오."

동물들은 부들부들 떨면서 기다리고 있었다. 이제 숨어 있는 건물에서 뛰쳐나간다는 것은 불가능했다. 몇 분 후 사람들이 사방으로 뛰어가는 모습이 보였다. 그리고 나서 고막이 터질 듯한 폭발음이 들렸다. 비둘기들은 하늘로 일제히 날아 올랐다. 나폴레옹을 제외한 모든 동물들은 납작하게 땅에 엎드리고 얼굴을 묻었다. 그들이 다시 일어났을 땐 시꺼먼 연기가 거대한 구름이 되어 풍차가 서 있던 자리에서 뭉게뭉게 일고 있었다. 연기는 미풍에 실려 서서히 흩어지고 있었다.

풍차가 사라져 버렸다!

이 광경을 보자 동물들은 용기를 되찾았다. 그들이 방금 전에 느꼈던 공포와 절망은, 이 비열하고 치사한 행위에 오히려 분노로 변했다. 처절한 복수의 함성을 울리며 더 이상 명령을 기다릴 것도 없이 그들은 한몸이 되어 적을 향해 곧바로 돌진했다. 이 순간 그들은 우박처럼 쏟아지는 잔인한 총알도 염두에 두지 않았다. 정말 참혹하고 격렬한 전투였다. 사람들은 연이어 총을 쏘아 댔으며, 동물들이 그들과 맞닿을 만큼 가까운 곳에 다가왔을 때는 몽둥이와 둔탁한 구둣발로 때리고 차기 시작했다.

암소 한 마리, 양 세 마리, 그리고 거위 두 마리가 피살되었다. 그 외에도 거의 모든 동물들이 부상을 당했다. 뒷전에서 전투를 지휘하던 나폴레옹까지 꼬리 끝이 총알에 맞아 잘려 나갔다. 그러나 사람들이라고 무사한 건 아니었다.

세 사람은 복서의 발길에 얻어맞아 머리가 터졌고, 한 사람은 쇠뿔에 배를 받혔으며, 또 한 명은 제시와 블루벨에게 바지가 갈기갈기 찢겼다. 그리고 나폴레옹의 호위병인 아홉 마리의 개가 그의 지시에 따라 울타리 밑으로 잠입했다가 갑자기 사람들의 측면으로 돌격하며 사납게 짖어 대자 그들은 공포에 사로잡히고 말

앗다. 그들은 자기들이 포위될 위험에 처해 있다고 느꼈다. 프레드릭이 그의 일꾼들에게 출구 쪽으로 도망치라고 신호를 보내자, 비굴한 적들은 허겁지겁 도망치기 시작했다.

동물들은 들판 끝까지 그들을 추격하여 그들이 가시나무 울타리로 간신히 빠져나갈 순간까지 몇 번씩 더 걷어찼다.

그들은 승리했다. 그러나 완전히 지쳐 있었고 피를 흘리고 있었다. 그들은 절뚝거리며 천천히 농장으로 되돌아오기 시작했다. 전사한 동무들의 시체가 풀밭에 널려 있는 광경을 보자 몇몇은 눈물을 흘렸다. 그리고 잠시 동안 그들은 침묵에 싸여 풍차가 서 있던 자리에서 슬슬 걸음을 멈추었다. 그렇다! 풍차는 사라져 버리고 만 것이다. 그토록 공들인 것이 흔적조차 남기지 않고 사라져 버린 것이다! 풍차의 기초마저 부분적으로 파괴되었다. 이번에는 이것을 재건하는 데 있어, 지난번처럼 무너진 그 돌을 그대로 사용할 수도 없는 형편이었다. 폭탄의 폭발하는 힘으로 인해 돌들이 몇 백 야드나 멀리 날아가 흩어졌기 때문이었다. 그곳은 마치 처음부터 풍차가 전혀 없었던 곳처럼 보였다.

그들이 농장으로 돌아왔을 때 이 전투에 참가하지 않았던 스퀴러가 꼬리를 휘저으며 만족해하는 표정으로 그들을 향해 뛰어왔다. 그리고 농장 건물 쪽에서 '빵' 하는 총소리가 들려왔다.

"저 총소리는 뭐지요?"

복서가 물었다.

"우리의 승리를 축하하기 위해서요! 동무."

스퀴러가 외쳤다.

"무슨 승리요?"

다시 복서가 물었다. 그의 무릎에서는 피가 흐르고 있었다. 그는 편차 하나를 잃었고 발굽이 찢어졌으며 탄알 열두 개가 그의 뒷다리에 박혀 있었다.

"무슨 승리라니, 동무? 우리는 적을 우리 땅에서, 동물 농장의 신성한 땅에서 몰아내지 않았소?"

"그렇지만 그들은 우리 풍차를 부숴 버렸소. 우리가 이 년 동안이나 일해 온 것을 말이오!"

"그게 무슨 상관이오? 우리는 또 다른 풍차를 세울 것이오. 우리는 우리가 원한다면 풍차를 여섯 개라도 세울 수 있소. 동무, 당신은 우리가 이룩한 위업을 인정하지 않으려 드는군요. 적은 우리가 서 있는 바로 이 땅을 넘보았소. 그런데 지금 우리는 나폴레옹 동무의 영도력 덕분에 전부 도로 찾았단 말이오!"

복서가 그의 말을 되받아쳤다.

"그렇지만 그건 우리가 전에 소유했던 것을 되찾은 것뿐이오."

스퀴러가 말했다.

"그것이 바로 우리의 승리요."

모두들 절뚝거리며 마당으로 들어섰다. 복서의 다리는 살갗 속에 박힌 탄알 때문에 무척 쓰라렸다. 그는 풍차를 기초부터 다시 지어야 할 막중한 노동이 자기 앞에 놓여 있다는 것을 깨달았고, 그의 머릿속은 그 일 때문에 긴장감으로 가득 찼다. 그러나 순간

동물 농장

자신이 열한 살이나 되었다는 것과 이제 자신의 거대한 근육도 예전 같지 않다는 생각이 머리에 떠올랐다.

그러나 동물들은 초록색 깃발이 펄럭거리는 것을 보고, 다시 총이 발포되는 소리—이 축포는 일곱 발을 쏘았다—를 듣고, 나폴레옹이 그들의 행위를 치하하는 연설을 듣고 나서야 그들은 자신들이 위대한 승리를 거둔 것으로 여겼다.

전투 중 목숨을 빼앗긴 동물들을 위해 엄숙한 장례식이 열렸다. 복서와 클로버는 영구차로 사용된 마차를 끌었다. 나폴레옹은 스스로 행렬의 맨 앞에 서서 걸어갔다. 꼬박 이틀 동안 승리의 축하연이 벌어졌다. 노래를 부르고 연설을 하고 축포를 더 많이 터뜨렸다. 모든 동물들에게는 사과 한 알씩이, 각각의 조류에게는 이 온스의 옥수수가, 개들에게는 각각 비스킷 세 개씩이 특식으로 주어졌다. 이 전투는 '풍차 전투'라고 불리게 될 것이며, 나폴레옹은 '녹색 깃발 훈장'을 새로 만들어 그것을 자신에게 수여했다고 공표했다. 모두가 희희낙락하는 바람에 불운했던 지폐 사건은 잊혀졌다.

이로부터 며칠 후, 돼지들은 우연히 농장 집 지하실에서 위스키 한 상자를 찾아냈다. 그 집이 처음 점거되었을 때는 찾아내지 못했던 물건이었다. 그날 밤 농장 집에서 큰 노랫소리가 흘러나왔는데, 모두가 놀랐다. 왜냐하면 그 노래들 중에 '영국의 동물들'이란 노래 가사가 섞여 있었기 때문이었다.

아홉 시 반쯤 되어 나폴레옹이 존스 씨의 낡아빠진 중절모를 쓰고, 뒷문에서 나타났다가 황급히 마당을 마구 내달린 후 다시 문 안으로 자취를 감추는 것을 볼 수 있었다. 그러나 아침이 되자 깊은 침묵이 농장 집에 깔렸다.

돼지 한 마리도 나타나 설치지 않았다. 거의 아홉 시가 넘어서야 스퀴러가 모습을 나타냈지만 그는 힘없이 걸음을 옮겼다. 그의 눈은 빛을 잃었고 꼬리가 밑으로 축 늘어졌으며, 구석구석 어디를 보나 온통 중병에 걸린 모습이었다. 그는 동물들을 소집하고서 무서운 뉴스를 전하겠다고 말했다. 나폴레옹 동무가 죽어가고 있다는 것이었다!

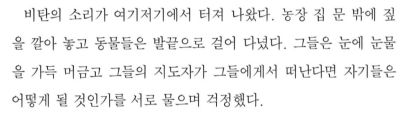

비탄의 소리가 여기저기에서 터져 나왔다. 농장 집 문 밖에 짚을 깔아 놓고 동물들은 발끝으로 걸어 다녔다. 그들은 눈에 눈물을 가득 머금고 그들의 지도자가 그들에게서 떠난다면 자기들은 어떻게 될 것인가를 서로 물으며 걱정했다.

스노우볼이 갖은 짓을 다해 나폴레옹의 음식에 독약을 넣도록 꾸몄다는 소문이 나돌았다. 열한 시가 되자 스퀴러가 또다른 담화문을 발표하러 나왔다. 나폴레옹 동무가 이 세상에서의 마지막 법률로, 술을 마시는 자는 사형에 처한다는 엄한 포고를 내렸다는 것이었다.

그러나 저녁이 되자 나폴레옹은 좀 나아진 것처럼 보였다. 이튿날 아침에는 스퀴러가 동물들에게, 그는 계속 회복되고 있는 중이라고 전했다.

그날 저녁 나폴레옹은 다시 집무를 시작했다. 그 다음 날 그가 윔퍼 씨에게 윌링톤에서 양조와 증류에 관한 조그만 책자 몇 권을 구입해 오라고 지시했다는 사실이 알려졌다. 일주일이 지난 후 나폴레옹은 과수원 너머의 작은 목장을 일구도록 명령했다. 그런데 그 땅은 전에 정년 퇴직할 동물들을 위해 목초밭으로 따로 떼어 놓았던 곳이었다. 이 목장의 풀은 아주 바닥이 나서 새로 씨를 뿌려야 한다고 했다. 그러나 얼마 지나지 않아, 나폴레옹이 그곳에 보리를 심으려고 한다는 것이 알려졌다. 그 무렵 동물 농장에 해괴한 사건이 하나 터졌다.

어느 날 밤인가, 열두 시쯤 마당에서 무엇이 부서지는 소리가 났다. 동물들은 우리 밖으로 뛰쳐나갔다. 휘황찬란한 달밤이었다. 칠계명이 씌어진 큰 헛간 끝 벽 밑에 사다리가 두 토막으로 부러져 있었다. 스퀴러가 잠시 동안 기절하여 그 밑에 길게 누워 있었고, 그 바로 옆에는 등잔과 페인트붓 그리고 쏟아진 흰 페인트통이 나뒹굴고 있었다. 개들이 곧 스퀴러 주위를 둘러쌓고, 그가 걸을 수 있게 되자 그를 호위하여 농장 집으로 데리고 갔다.

동물 중 그 누구도 어찌 된 영문인지 갈피를 잡을 수 없었다. 오직 벤자민만이 알겠다는 표정으로 콧등을 끄덕이고 있을 뿐, 아무런 이야기도 하지 않았다.

그러나 이로부터 며칠 후 뮤리엘이 칠계명을 혼자서 읽던 중에 동물들이 잘못 기억하고 있는 또 다른 한 귀절이 있음을 깨닫게 되었다. 그들은 다섯 번째 계명이 '어떤 동물도 술을 마셔서는 안 된다'라고 생각했는데, 거기에는 그들이 잊고 있었던 단어가 하

110

나 더 있었다. 그 계명은 다음과 같았다.

'어떤 동물도 지나치게 술을 마셔서는 안 된다.'

9

복서의 찢어진 발굽이 낫는 데는 많은 시간이 소요되었다. 승리 축하연이 끝난 다음날 동물들은 풍차 재건에 착수했다. 복서는 끝까지 쉬는 것을 사양했다. 그리고 자기가 고통스러워하는 모습을 명예를 걸고 보이지 않으려 했다. 그러나 저녁이면 그는 클로버에게 살며시 발굽 때문에 자기가 겪는 고통을 털어놓았다.

클로버는 자기가 씹어서 만든 약초로 발굽을 치료해 주었다. 그리고 그녀와 벤자민은 복서에게 너무 심하게 일하지 말라고 다그쳤다.

"말의 허파라 해서 영원히 일을 계속할 수 있는 건 아니에요."

그녀는 그렇게 귀띔을 했다. 그러나 복서는 귀담아 들으려 하지 않았다. 그는 자기에게 남은 단 하나의 욕심이 있는데, 그것은 바로 자신이 퇴직하기 전에 풍차가 잘 움직이는 것을 보는 것이라고 말했다.

동물 농장의 법률이 처음 제정되던 초기에는 퇴직 연령이 말과 돼지의 경우 열두 살, 소는 열네 살, 개는 아홉 살, 양은 일곱 살, 그리고 닭과 오리는 다섯 살로 각각 결정되었다. 양로 연금도 후하게 책정되었다. 하지만 아직껏 어떤 동물도 퇴직하여 연금을 받아 본 적이 없었다.

최근 들어 이 문제가 더욱더 자주 논의되었다. 과수원 너머 작은 들이 보리밭으로 할당되었기 때문에 큰 목장의 한구석에 울타리를 쳐서 동물들의 노후를 위한 목초지가 만들어질 것이라는 소문이 농장 안에 돌았다. 말의 경우 연금은 하루에 옥수수 오 파운드, 겨울에는 건초 십오 파운드, 그리고 공휴일에는 홍당무 하나나, 가능하다면 사과 한 개를 주리라는 이야기였다. 복서가 맞는 열두 해째 생일은 이듬해 늦여름이었다.

그 동안의 생활은 고생스럽기만 했다. 겨울은 지난해만큼이나 추웠으며, 식량은 오히려 부족했다. 돼지와 개의 식량을 제외하고는 모든 동물들의 식량 배급량이 또다시 줄어들었다. 식량 배급에 있어서 너무나 엄격한 평등은 동물주의 원칙에 위배되는 것이라고 스퀴러는 설명했다.

어떤 경우에 처하든, 외관상으로는 어떻게 보일지 몰라도 실제로는 식량이 부족하지 않다는 것을 그가 동물들에게 입증해 보이는 데는 별 어려움이 없었다. 분명히 당분간 배급량을 재조정(스퀴러는 그것을 언제나 재조정이라고 말했다고 말했다. 결코 감소라 하지 않았다)하는 것이 필요하지만 존스 씨가 있던 시절과 비교해 보면 개선된 정도가 엄청나다는 것이었다. 째지는 듯한 목소리로 숫자를 읽어가며, 그는 그들이 존스 씨 시절보다 더 많은 귀리, 더 많은 건초, 더 많은 순무를 받고 있다고 말했다. 그 반면 작업 시간은 더 짧아졌고 마시는 물의 질도 더 좋아졌고, 그들의 수명은 길어지고 유아 생존 비율이 더 높아졌고, 우리에는 짚이 더 많이 쌓였을 뿐만 아니라 벼룩에게 시달리는 고통도 훨씬 줄었다는 것을 그들에게 자세히 증명해 주었다. 동물들은 그의 말을 전부 믿었다. 그러나 사실대로 말하자면, 존스 씨와 그가 표방했던 모든 것들이 그들의 기억에서 거의 다 사라지고 없었던 것이다.

그들은 요즘 자신들의 삶이 가혹하고 메마르며, 자기들은 자주 굶주리고 추위에 떨며 잠자리에 드는 시간을 제외하고 늘 일해야 하는 것으로 알고 있었다. 그러나 사실 의심할 여지없이 옛날의 사정은 이보다 더 나빴다. 그들은 애써 그렇게 스스로를 위로했다. 게다가 그때의 그들은 노예에 불과했지만 이제는 자유로운 몸이었다. 스퀴러가 늘 지적하듯이 바로 그것이 가장 중요한 차이라는 것이었다. 그리고 먹여 살려야 하는 식솔도 훨씬 늘었다.

가을에 암퇘지 네 마리가 거의 동시에 모두 새끼를 낳아서 전부 서른한 마리가 되었다. 돼지 새끼들은 흑백 얼룩이었다. 농장에서 수퇘지란 유일하게 나폴레옹뿐이었기 때문에 아버지가 누구인지 추측하기란 쉽게 알 수 있었다. 늦게나마 벽돌과 재목을 구입하여 농장 집 정원에 교실이 세워지리라는 것이 발표되었다. 한동안은 나폴레옹이 손수 농장 집 부엌에서 새끼 돼지를 교육시켰다. 그들은 정원에서 운동을 했고 다른 동물의 새끼들과 어울려 놀지 못했다. 또한 돼지와 다른 동물이 길에서 마주치면 다른 동물이 먼저 길을 피해 줄 것과 또 계급의 고하를 막론하고 모든 돼지들은 일요일에 꼬리에 리본을 매는 특권을 누릴 수 있다는 규칙이 재정되었다.

농장의 수확은 매우 성공적이었지만 여전히 현금이 딸렸다. 교실 건축에 쓸 벽돌, 모래, 석회를 사들여야 했기 때문이었다. 게다가 풍차에 사용될 기계를 구입하기 위해 저축을 시작할 필요가 있었다. 농장 집에서 쓸 램프용 등잔 기름과 초, 그리고 나폴레옹의 식탁에 놓을 설탕(설탕을 먹으면 살이 찐다는 이유로 다른 돼지들에게는 그것을 금했다)이 있어야 했다. 연장, 못, 끈, 석탄, 철사, 쇳조각, 개가 먹을 비스킷 따위의 모든 일용품들을 구비할 필요가 있었다. 그래서 한 더미의 건초와 수확한 감자 일부를 팔았다. 계란의 판매 계약도 일주일에 육백 개로 늘어났기 때문에 올해에도 지난해와 겨우 같은 수를 유지할 정도로만 암탉이 병아리를 부화했다. 십이월에 줄어들었던 식량 배급량이 이월 들어 또다시 줄어들었다. 기름을 아끼기 위해 우리 속의 등잔도 불을 켜는 것이 금지되었다. 그러나 돼지들은 아주 안락하게 보일 뿐만 아니라 체중도 오히려 늘고 있었다.

이월 하순의 어느 날 오후, 양조장으로부터 마당을 가로질러 풍겨 오는 구수하고 달콤하며 식욕을 돋우는 냄새를 모든 동물들이 맡았다. 그런데 그곳은 부엌 뒤에 있는, 존스 씨 시절에는 결코 사용하지 않았던 작은 양조장이었다. 누군가가 이것은 보리를 삶는 냄새라고 했다. 동물들은 허기진 듯 킁킁거리며 그 냄새를 맡

앉다. 그리고 그 구수한 여물이 저녁식사로 나올 것인지를 궁금
해했다. 그러나 그 구수한 여물은 끝내 나타나지 않았다.

그 다음 일요일에, 이제부터는 돼지들에게만 보리를 주게 될 것
이라는 발표가 있었다. 과수원 너머 들판에는 이미 보리씨가 뿌
려졌다. 그런 후에 다음과 같은 소식이 새어 나왔다. 모든 돼지들
은 이제 각자 하루 세 홉의 맥주를 배급받으며, 나폴레옹 자신에
게는 반 갤런이 제공되고 그는 이것을 항상 더비제 수프 그릇에
담아 마신다는 것이었다.

그러나 참아내야 할 고생이 있다고 해도 요즘의 생활이 전보다
훨씬 나은 품위를 지니고 있다는 사실 하나로 보상해 가려는 듯
했다. 노래도 더 자주 불렀고 연설도 더 많이 했으며 행진도 더
잦아졌다. 동물 농장의 투쟁과 승리를 축하하기 위해 자진 시위
라는 것을 일주일에 한 번씩 열어야 한다고 나폴레옹이 지시했던
것이다.

지정된 시간이 되면 동물들은 일손을 놓고 돼지들을 선두로 하
여 말, 소, 양의 순서로 군대식 행진 대열을 지어 농장 안을 돌았
다. 개들은 행진 대열의 측면에 섰고 전 대열의 맨 앞에는 나폴레
옹이 거느리는 검은 수탉이 행진해 나아갔다. 복서와 클로버는
언제나 그들 사이에 서서, 말굽과 뿔이 그려져 있고 '나폴레옹 만
세!'라고 씌어진 푸른 기를 들고 행진했다. 이런 행군이 있고 나
면 나폴레옹을 기리기 위해 씌어진 시를 낭독하고, 최근의 식량
생산 증가를 소상히 설명하는 스퀴러의 일장 연설이 벌어지곤 했

다. 그리고 때로는 총으로 예포를 쏘기도 했다. 양들은 자진 시위를 지지하는 가장 심한 열성원들이었다. 괜히 추위에 떨며 시간을 낭비한다고 누구든 불평을 하려고 하면(돼지나 개가 가까이 있지 않으면 몇몇 동물들은 이따금 불평을 했다) 양들은 어김없이 소리 높여 "네 다리는 좋고, 두 다리는 나쁘다!"라고 외치며 이 불평의 소리를 잠잠하게 하는 것이었다. 그러나 대체적으로 동물들은 이 축하회를 좋아했다.

그들은, 자신들이 결국 진정한 주인이며 자신들이 하는 작업은 자신의 이익을 위한 것이라는 것을 상기하고는 즐거워했다. 그리하여 노래 부르기, 행진, 스퀴러의 숫자 나열, 우렁찬 총소리, 수탉의 꼬꼬댁거리는 소리, 펄럭이는 깃발 등으로 인해 최소한 이 시간만큼은 자신들의 뱃속이 비었다는 사실을 잊을 수 있었다.

사월에 동물 농장은 공화국으로 선포되었다. 그래서 대통령을 선출하는 것이 필요하게 되었다. 후보자는 나폴레옹 혼자였는데, 그는 만장일치로 선출되었다. 그리고 바로 그날 스노우볼이 존스 씨와 공모한 것을 상세히 알려 주는 새로운 문서가 발견되었다. 이 내용은 다음과 같았다.

동물들이 전에 생각했던 것처럼 스노우볼이 단순히 계략으로만 '외양간 전투'에서 패배하도록 기도했던 것이 아니라 노골적으로 존스 씨 편에 서서 싸웠던 것이었다. 다시 말해 그는 인간군의 지휘자였다. 자신의 입으로 '인간 만세'를 외치며 전투에 뛰어들었다는 것이었다. 몇몇 동물들이 목격한, 아직도 기억하고 있는 스노우볼의 등에 입은 부상은 나폴레옹이 이빨로 물어뜯어 입혔던 상처라는 것도 새롭게 밝혀졌다.

몇 년 동안 눈에 띄지 않던 갈까마귀 모제스가 한여름에 갑자기 농장에 나타났다. 그는 조금도 변하지 않았다. 일은 여전히 안 하면서 '얼음사탕 산'에 대해 늘 하는 말투로 지껄여 댔다.

그는 나무 그루터기에 앉아 검은 날개를 펄럭이면서 자기 말에 귀 기울이는 동물들에게 시간 가는 줄 모르고 수다를 떨었다.

"동무들, 저 위에는……."

그는 큼직한 부리로 하늘을 가리키며 숙연하게 말했다.

"저기 보이는 컴컴한 구름 너머 저 위의 얼음사탕 산에는 우리 불쌍한 동물들이 노동에서 해방되어 영원히 안식할 행복의 나라가 있소이다!"

그는 하늘을 높이 날다 그곳에 한 번 갔는데, 끝없이 넓은 토끼풀밭과 박하가 피어 있었으며 울타리에는 사탕수수가 자라고 있는 것을 보았다고 주장했다. 많은 동물들은 그의 말을 믿었다. 현재의 그들의 삶은 허기진 삶이고 고달픈 삶이란 것을 깨달았다. 더 살기 좋은 세상이 그 어딘가 있을 것이라는 생각이 잘못된 것이며 옳지 않은 것일까? 모제스에 대한 돼지들의 태도로 보아 이것을 판단하기란 어려웠다. 돼지들은 누구나 얼음사탕 산에 대한 그의 이야기가 허무맹랑한 것이라고 멸시조로 선언했다. 그러나 그를 농장에 그대로 머물러 있게 내버려 두고, 일을 하지 않는데도 하루에 약 한 홉의 맥주를 그의 몫으로 주었다.

117

복서는 발굽이 아물자 전보다도 더 열심히 일했다. 사실 모든 동물들은 노예처럼 일을 했다. 고정된 농장 일이나 풍차 재건 작업을 별도로 하고도 새끼 돼지들을 위한 교실 건축 작업이 있었다. 이 작업은 삼월부터 시작되었다. 충분히 먹지도 못하면서 여러 시간 일한다는 것이 때로는 견디기 어려웠지만 복서는 결코 굽힐 줄 몰랐다. 그의 말이나 행동으로 보아 그의 힘이 전과 같지 않다는 징조는 조금도 없었다. 약간 변한 것이 있다면 그의 외모였다. 그의 피부는 옛날만큼 윤기가 돌지 않았으며, 커다랗고 펑퍼짐했던 엉덩이는 조금 작아진 듯했다.

다른 동물들이 "복서는 봄에 새로운 풀이 자라면 회복될 거야" 하고 말했으나, 봄이 찾아와도 복서는 살이 찌지 않았다. 가끔 채석장 꼭대기에 오를 때 경사진 비탈길에서 끌고 올라가던 거대한 돌의 무게를 근육으로 버티고 섰을 때 그의 다리에는 끈질긴 의지력 이외에는 아무것도 없어 보였다. 이런 곤경에 처할 때면 그의 입술은 "내가 좀 더 일하지"라고 내뱉는 것처럼 보였다. 하지만 그는 그것을 소리내어 말하지는 않았다. 클로버와 벤자민은 거듭 그에게 건강에 신경 쓰라고 경고했다. 그러나 그는 조금도 개의치 않았다.

복서의 열두 번째 생일이 다가오고 있었다. 그는 연금을 받게 되기 전에 돌덩이가 충분히 쌓이기만 한다면 어떠한 일이 벌어져도 상관이 없었다.

그해 여름 어느 날, 저녁 늦게 복서에게 무슨 일이 생겼다는 소문이 농장에 갑자기 돌았다. 그는 혼자서 돌짐을 끌고 풍차 쪽으로 내려 갔었다. 과연 그 소문은 사실이었다. 몇 분 후에 비둘기 두 마리가 다음과 같은 뉴스를 가지고 허겁지겁 날아왔다.

"복서가 넘어졌어요! 옆으로 쓰러져 일어나지 못해요!"

농장 동물들 거의 반이 풍차가 서 있는 둔덕으로 뛰어 내려갔다. 복서는 마차의 굴대 사이에 끼어 머리도 들지 못하고 목을 쭉 뻗은 채 누워 있었다. 그의 눈동자는 흐릿했고 옆구리는 땀에 젖어 있었다. 가느다란 핏줄기가 입에서 뚝뚝 떨어졌다. 클로버가 그의 옆에 앉았다.

"복서!"

그녀가 외쳤다.

"어때요?"

"폐를 다쳤소."

복서는 작은 목소리로 대답했다.

"대수롭지는 않아요. 내가 없더라도 당신들이 이 풍차를 끝낼 수 있으리라 생각하오. 쌓아 놓은 돌이 꽤 많으니까. 어떻든 나는 이제 한 달밖에 남지 않았소. 솔직히 말하면 나는 퇴직을 학수고대해 왔소. 그리고 아마 저기 벤자민도 너무 늙었으니, 그들은 그도 나와 같은 시기에 은퇴시켜서 내 동료가 되게 할 게요."

"곧 손을 써야겠군요."

클로버가 말했다.

"누구든 달려가서 스퀴러에게 이 일을 얘기해 줘요."

이 말을 듣자 곧 다른 모든 동물들은 스퀴러에게 이 소식을 알리려고 농장 집을 향해 달렸다. 오직 클로버와 벤자민만이 남았다. 복서 옆에 앉은 벤자민은 말없이 그의 긴 꼬리로 파리를 쫓아 주고 있었다. 십오 분쯤 지나서 스퀴러가 동정과 걱정에 가득 차서 나타났다. 그는 농장에서 가장 충실한 일꾼에게 일어난 이 불행한 사건을 나폴레옹 동무는 심히 유감스러운 심정으로 받아들였으며, 윌링톤에 있는 병원에 복서를 보내 치료를 받도록 이미 조처를 취하고 있는 중이라고 말했다. 동물들은 이 말을 듣고 약간 불안해했다. 몰리와 스노우볼을 빼고는 어떤 동물도 농장을 떠난 일이 없었는데, 병든 자기 친구를 인간의 손에 맡긴다는 것을 그들은 좋아하지 않았다. 하지만 윌링톤의 가축 병원 의사가 농장에서 치료하는 것보다 훨씬 더 만족스럽게 복서의 병을 치료할 수 있을 거라고 스퀴러는 간단히 그들을 납득시켰다. 반 시간쯤 지나자 복서는 다소 원기를 회복했다. 그는 간신히 발을 딛고 일어나 클로버와 벤자민이 그를 위해 훌륭하게 밀짚으로 침대를 마련해 놓은 그의 우리로 절룩거리며 겨우 돌아왔다.

이틀 동안 복서는 자기 우리에 누워 있었다. 돼지들은 목욕탕 약장 속에서 찾아낸 커다란 분홍색 약 한 병을 복서에게 보냈다. 클로버가 하루에 두 번씩 식사 후에 그것을 먹였다. 저녁때마다 그녀는 그의 우리에 누워 그와 이야기를 했다. 그러는 동안 벤자민은 줄곧 파리를 쫓아 주었다. 복서는 자신의 처지가 조금도 슬프지 않다고 말했다. 그는 몸이 회복된다면 앞으로 삼 년은 더 살

수 있으리라 믿고 있는 듯했고, 저 커다란 목장 한편에서 지낼 평화스런 날들을 고대하는 듯했다. 그는 처음으로 사색에 잠겨 마음을 수양할 여가를 가질 수 있을 것이다. 그는 여생을 알파벳의 나머지 스물 두 글자를 배우는 데에 바칠 생각이라고 했다.

그러나 벤자민과 클로버는 작업 시간 후에라야 복서와 함께 시간을 보낼 수 있었다. 며칠 후 큰 마차가 복서를 실으러 왔다. 모든 동물들은 돼지 한 마리의 감독 아래 잡초를 뽑는 작업을 하고 있었다. 그때 벤자민이 목청껏 고함을 지르며 농장 건물 쪽에서 뛰어오는 것을 보고 그들은 깜짝 놀랐다. 그들이 벤자민이 흥분한 것을 보기는 이것이 처음이었다. 사실인즉 그가 뛰고 있는 것을 본 것도 이것이 처음이었다.

"빨리, 빨리!"

그가 소리를 질렀다.

"빨리 오시오! 복서를 데려가고 있소!"

돼지의 명령을 기다릴 것도 없이 동물들은 일을 내동댕이치고 농장 건물로 뛰어 돌아왔다. 아니나 다를까, 마당에는 말 두 마리가 끄는 커다란 마차가 서 있었다. 마차 옆에는 무슨 글자가 씌어 있었으며, 마부석에는 나지막한 중절모자를 쓴 교활하게 생긴 남자가 앉아 있었다. 그리고 복서의 우리는 텅 비어 있었다.

동물들이 마차 주위에 모여 들었다.

"잘 가시오, 복서!"

그들은 입을 모아 크게 외쳤다.

"잘 가시오!"

"바보! 이 바보들!"

벤자민은 고함을 지르며 그들 주위를 껑충껑충 뛰었고, 그 작은 발굽으로 땅바닥을 동동 굴렀다.

"바보들아! 저 마차 옆에 뭐라고 씌어 있는지도 몰라?"

이 말을 듣자 동물들은 잠잠해졌다. 뮤리엘이 글자들을 천천히 읽어 나가기 시작했다. 그러자 벤자민이 그녀를 한 옆으로 밀어 재치고 죽음과 같은 고요 속에서 그것을 읽었다.

"'알프렛 시몬즈, 말 도살 및 아교 제조업, 윌링톤. 가죽과 골재 매매. 축견 사료 공급' 저게 무슨 뜻인지 알고들 있소? 저들이 복서를 도살업자에게 넘겨주는 거란 말이오!"

모든 동물들의 입에서 공포의 외침이 터져 나왔다. 이 순간 마부석에 앉은 사나이가 말에 채찍질을 하자 마차는 빠른 속도로 마당에서 움직였다. 모든 동물들이 뒤따르며 큰 소리로 함성을 질렀다. 클로버가 가장 앞으로 나아갔다. 마차는 속력을 내기 시작했다. 클로버는 굵은 네 다리로 마구 달리려고 노력했으나 젊은 말 두 필이 이끄는 마차를 도저히 따라잡을 수 없었다.

"복서!"

그녀는 외쳤다.

"복서! 복서! 복서!"

그러자 바로 이 순간 그 외침을 들었는지 콧잔등에 흰 줄이 난 복서의 얼굴이 마차 뒷문의 작은 창에 나타났다.

"복서!"

클로버가 무서운 소리로 부르짖었다.

"복서! 내려요! 빨리 내려요! 그들은 당신을 죽이려고 해요!"

모든 동물들이 "내려요, 복서. 내려요!" 하고 고함을 질렀다. 그러나 마차는 벌써 속력을 내어 그들로부터 점점 멀어져 가고 있었다. 클로버가 말한 것을 복서가 알아들었는지 분명하지 않았다. 그러나 잠시 후 그의 얼굴이 창문 뒤로 사라지더니 마차 안에서 쿵쿵거리는 말발굽 소리가 크게 들렸다. 그는 나갈 문을 찾고 있었다. 복서가 발굽으로 걷어차기만 하면 그런 마차쯤 성냥갑처럼 부숴 버릴 수 있었던 시절이 그 옛날에는 있었다. 그러나 슬프게도 이제 그런 힘은 어디에도 남아 있지 않았다.

잠시 후 쿵쿵거리던 발굽 소리조차 희미해지더니 이제 그 소리마저 들리지 않았다. 절망에 빠진 동물들은 마차를 끄는 두 마리의 말에게 멈추어 달라고 애원하기 시작했다.

"동무! 동무들!"

그들은 소리쳤다.

"당신네의 형제를 죽음으로 끌고 가지 마시오!"

그러나 아둔한 짐승들은 너무나 무지해서 사태를 깨닫지 못하고 귀를 뒤로 늘어뜨린 채 그저 발걸음을 재촉했을 뿐이었다. 두 번 다시 복서의 얼굴이 창에 나타나지 않았다. 누군가가 먼저 달려가서 다섯 개의 빗장이 달린 농장문을 닫을 마음을 먹었지만 시간이 너무나 늦었다. 마차가 그 문을 통과하여 급히 길목으로 사라지고 있었다. 복서의 모습은 그 후로 보이지 않았다.

사흘 후, 그는 말로서 받을 수 있는 온갖 치료를 다 받았음에도 불구하고 윌링톤의 병원에서 죽었다고 발표되었다. 스퀴러가 이 소식을 다른 동물들에게 전하러 왔다. 그는 복서의 마지막 몇 시간을 지켜보았다는 것이었다.

"그것은 이제껏 내가 보아 온 광경 중에 가장 가슴 아픈 장면이었습니다."

스퀴러는 앞다리를 들어 눈물을 훔쳐 내면서 말했다.

"나는 그가 운명하는 마지막 순간에 그의 침대 머리맡에 있었소. 말할 수 없을 정도로 아주 기운이 쇠약해진 그는 내 귀에 대고서 풍차를 완성하기 전에 세상을 뜨는 것이 유일한 슬픔이라고 속삭이더군요. '전진합시다, 동무들' 하고 그는 내게 속삭였소. '봉기라는 이름을 앞세우고 전진합시다. 동물 농장 만세! 나폴레옹 동무 만세! 나폴레옹은 항상 옳다.' 이것이 그의 마지막 말이었소, 동무들."

여기까지 말을 전한 스퀴러의 태도가 갑자기 바뀌었다. 그는 잠시 동안 침묵에 잠겼다. 그의 조그마한 눈동자가 이리저리 의심스럽게 사방을 쏘아보더니 말을 이었다.

복서가 실려 갈 때 어리석고도 악의에 찬 소문이 떠돌았다는 것을 이미 알고 있다고 했다. 몇몇 동물들은 복서를 태웠던 마차에 '말도살'이라고 씌어 있음을 목격하고 실제로 복서를 말 도살업자에게 넘겼다는 결론으로 비약했었다.

어떤 동물이 그렇게 어리석을 수 있을까, 도저히 믿어지지 않는다고 스퀴러는 말했다. 그는 꼬리를 빳빳이 세우고 이리저리 흔들면서 친애하는 수령 나폴레옹 동무가 그 정도로밖에 생각되지 않는 것에 울분을 터뜨렸다. 그리고 이어지는 그의 변명은 아주 간단했다. 전에는 그 마차가 말 도살업자의 소유였지만 수의사가 사들여 옛 이름을 아직 페인트로 지워 없애지 못했다는 것이었다. 오해가 생긴 것은 바로 그 때문이었다.

동물들은 이 말을 듣고서 마음을 놓았다. 복서가 죽어가던 침대나, 그가 받았던 경이적인 간호 비용과 나폴레옹이 지불한 값비싼 의약품 등등을 스퀴러가 거침없이 생생하게 설명하자 동물들이 품은 마지막 의심도 어느새 사라졌다. 그리고 동료의 죽음으로 받은 비탄과 충격은 그것으로 어느 정도 위로가 되었다.

나폴레옹은 몸소 다음 일요일 아침 회합에 나타나 복서를 찬양하는 짤막한 웅변을 했다. 그는 동무의 유해를 농장에 매장하기 위해 가져오는 것은 불가능했지만, 농장 집 정원의 월계수로 커다란 화환을 만들라고 지시하여 복서의 무덤에 갖다 놓도록 이미 지시를 내렸다고 말했다. 그리고 며칠 내로 돼지들은 복서를 기리는 추모연을 열기로 했다는 것이었다.

나폴레옹은 복서가 즐겨 외던 '내가 좀 더 일하지', '나폴레옹 동무는 항상 옳다'는 두 구절의 금언을 상기시키면서 모든 동물들이 그 금언을 자기 자신의 것으로 삼으면 좋을 것이라는 말로 연설을 마쳤다.

연회를 열기로 한 날 식료품상 마차가 윌링톤에서 와서 농장 집에 커다란 나무 상자 하나를 배달했다. 그날 밤 떠들썩한 노랫소리가 난 데 이어 난폭하게 싸우는 것 같은 소음이 들렸고 열한 시쯤 엄청난 유리그릇 깨지는 소리가 나면서 연회는 끝났다. 이튿날 점심때까지 농장 집에서는 아무도 얼씬거리지 않았다. 돼지들이 어디에선가 돈을 구해 자기들이 마실 위스키 한 상자를 구입했다는 소문이 나돌았다.

10

수난의 세월이 흘렀다. 계절이 바뀔 때마다 수명이 짧은 동물들이 하나둘 세상을 떠났다. 클로버와 벤자민, 갈까가마귀 모제스, 그리고 상당수의 돼지들을 제외하고는 '봉기' 전의 옛날을 기억하는 자가 아무도 없는 시절이 되었다.

뮤리엘이 죽었다. 블루벨과 제시 그리고 핀처도 죽었다. 존스 씨도 죽었다. 이 지방의 다른 고을에 있는 알코올 중독자 수용소에서 그는 생을 마감했다. 스노우볼은 모두의 기억에서 사라졌다. 복서에 대한 기억도 그를 알던 몇몇을 제외하고는 모든 동물의 머리에서 사라졌다. 클로버도 이제는 관절이 뻣뻣해지고 눈곱이 자주 끼는 늙고 뚱뚱한 암말이 되고 말았다. 그녀는 일선에서 은퇴할 해를 벌써 두 번이나 넘겼다. 그러나 어떤 동물도 실제로 은퇴하지 않았다. 정년 퇴직한 동물들을 위해 목장 한구석을 할당하겠다던 이야기도 오래 전부터 없어져 버렸다. 나폴레옹은 이제 삼백 파운드나 나가는 장년의 수퇘지가 되었다. 스퀴러는 너무나 살이 쪄서 간신히 눈을 뜰 정도였다. 오직 벤자민 영감만이 콧잔등의 털이 조금 더 희끄무레해지고 복서가 죽은 이후 더 침울해지고 과묵해진 것 외에는 전과 거의 다를 바가 없었다.

농장의 동물들은 생각했던 것만큼 그렇게 많이 증가하지 않았지만 제법 숫자가 늘어났다. 이 농장에서 태어난 많은 동물들에게는, '봉기'란 입에서 입으로 전해지는 희미한 전설에 불과했다. 다른 곳에서 팔려온 동물들은 자신들이 이곳에 오기 전까지는 봉기란 말조차 몰랐다고 했다.

농장에는 클로버말고도 현재 세 마리의 말이 있었다. 그들은 아주 건강한 짐승들로 자발적으로 일하는 선량한 동물들이었지만 어리석기 그지없었다. 그들 누구도 알파벳의 B자 이상을 배울 수 없다는 것이 입증되었다. 그들은 봉기와 동물주의 원칙에 관한 이야기를 듣고서 그 모든 것을 그대로 받아들였다. 특히 어머니나 다름없이 존경하는 클로버의 이야기는 더욱 그러했다. 그러나 그것을 얼마만큼 이해했는지의 여부는 의심스러울 뿐이었다.

농장은 예전보다 훨씬 번창했으며 정비되어 있었다. 필킹톤 씨로부터 밭을 두 개나 더 구입하여 농지가 크게 확장되었다.

풍차는 마침내 성공리에 완성되었다. 농장은 탈곡기 및 건초 운반기를 소유하기에 이르렀으며, 여러 채의 새 건물이 증축되기도

했다. 윔퍼 씨는 자신이 쓸 마차를 사들였다. 그러나 풍차는 결국 발전기로는 사용되지 않았다. 그것은 곡식을 찧는 데만 사용되어 엄청난 이득을 남기고 있었다. 동물들은 또 다른 풍차를 세우느라고 아직도 열심히 일하고 있었다. 그것이 완공되는 날이면 발전기가 설치되리라는 이야기가 들렸다.

스노우볼이 예전에 동물들에게 꿈처럼 설명해 주던 전등과, 냉온수기가 나오는 우리며, 이로 인해 일주일에 사흘만 노동하게 되리라는 사치스러움에 대해서는 더 이상 이야기가 없었다. 나폴레옹은 그따위 사고는 동물주의 정신에 위배되는 것이라고 배척했다. 가장 진실한 행복이란 열심히 일하며 검소하게 살아가는 것뿐이라고 그는 역설했다.

어떻게 되었든 동물들 자신은 더 풍요해지지는 않았지만—물론 돼지나 개는 빼고 말이다—농장은 점점 부유해지고 있는 것처럼 보였다. 아마 돼지와 개의 수가 너무 많다는 것도 그 이유 중 하나일 것이다. 이들 동물들도 일을 하지 않는 것은 아니었다. 그들 나름대로 열심히 일하는 중이었다.

스퀴러가 앙칼진 목소리로 주장하는 바에 따르면, 농장의 감독과 원활한 조직 운영을 위해 돼지들은 끊임없이 일을 한다는 것이었다. 이런 일들의 대부분은 여타의 동물들이 너무나 무지해서 이해할 수 없는 따위의 것이라 했다. 예를 들면 돼지들은 '문서', '보고서', '회의록', '비망록'이라 일컫는 신비한 일에 종사하느라고 매일매일 굉장한 노동을 하고 있다고 전했다. 이런 것들은 글씨를 쓴 큰 종이 뭉치였다. 그들은 그렇게 포장이 된 것을 아궁이에 태워 버리곤 했다. 이것이야말로 농장의 복지를 위해 가장 중요한 일이라고 스퀴러는 말했다. 그러나 개나 돼지들이 그들 자신의 노동으로 식량을 생산하는 일이란 하나도 없었다. 그런데 그들의 숫자는 굉장히 많았고 그들의 식욕은 언제나 왕성했다.

다른 동물들의 형편을 살펴보면 그들의 삶이란 늘 똑같았다. 그들은 전반적으로 배가 고팠고 짚 위에서 잠을 잤으며 우물에서 물을 직접 마셨고 들판에서 노동을 하는 그런 하루하루의 연속이었다. 겨울이면 추위에 고생을 했고, 여름이 되면 파리 때문에 시달림을 당해야 했다. 때로는 그들 중의 몇몇 늙은이들이 사라져 가는 희미한 기억을 쥐어짜서, 존스 씨가 쫓겨난 지 얼마 안 된 '봉기' 초기의 형편이 지금보다 좋지 않았는지 판단해 보려고 애썼으나 도저히 기억해 낼 수 없었다.

현재의 생활과 비교할 수 있는 것이라곤 아무것도 없었다. 그들은 스퀴러가 만든 숫자 목록을 참조할 수밖에 없었다. 현재의 생활과 비교할 수 있는 것이라곤 아무것도 없었다. 그런데 그 자료는, 모든 조건이 더욱 좋아졌다는 것을 천편일률적으로 나열한 것에 불과했다. 동물들은 이 문제를 해결할 수 없음을 깨달았다. 어찌 되었든지 그들은 이제 이런 일들을 생각할 만한 겨를조차 없었다. 오직 벤자민 영감만이 자기가 걸어온 긴 생애를 세세히 기억하고서 더 좋아질 수도 더 나빠질 수도 없으며, 더 좋았던 적도 나빴던 적도 결코 있어 본 적이 없었노라고 푸념을 늘어놓을 뿐이었다. 그의 말에 따르면 굶주림, 고생, 좌절 따위는 삶의 불변의 법칙이라는 것이었다.

그래도 동물들은 희망을 버리지 않았다. 더욱이나 그들은 한순간도 자신들이 동물 농장의 구성원이라는 명예감과 특권 의식을 잊은 적이 없었다. 그들은 여전히 이 고을 전체에서—아니 영국 전체를 통틀어서!—동물들이 소유한, 또 동물이 운영하는 유일한 농장에서 살고 있었다. 그들 중 누구도, 가장 어린 새끼도, 아니 수십 마일 떨어진 농장에서 끌려온 신참자들마저도 이 점에 대해서는 모두 경탄했다. 그리고 축포의 소리를 듣고, 게양대에 녹색기가 펄럭이는 것을 보고 있노라면 그들의 가슴은 자부심으로 부풀어 올랐다. 또한 화제는 옛날의 영웅적인 시절이라든가, 존스 씨의 추방, 칠계명의 게시, 인간과의 전투 이야기로 항상 돌아갔다. 옛날에 품었던 꿈들 중 그 어느 것 하나도 그들은 포기하지 않았다. 영국의 푸른 들판이 인간의 발에 밟히지 않을, 즉 메이저가 예언했던 '동물 공화국'은 여전히 추앙되고 있었다. 분명 언젠가는 그런 날이 올 것이다. 지금 당장은 아닐지도 모른다. 지금 살아 있는 동물들의 생애 동안에는 이루어지지 않을지도 모른다. 그러나 이런 희망은 지금까지 계속 이어지고 있었다.

'영국의 동물들'의 노랫가락이 여기저기에서 은밀히 불렸다. 농장의 동물들은 이 노래를 소리 내어 부를 수는 없었지만 모두들 그 노래를 알고 있는 것은 사실이었다. 그들의 삶이 고되고 그들의 희망이 전부 이루어지지 않았을지는 모르나 그들은 자신들이 다른 동물들과 같지 않다는 것을 의식하고 있었다. 그들이 굶주리는 일이 있다고 하더라도 그것은 인간을 먹여 살리느라 그런 것이 아니었다. 그들이 힘들게 일하는 이유는 적어도 그들 자신을 위해 하는 것이었다. 그들 중 누구도 두 다리로 걷지 않았다. 어떤 동물도 다른 동물을 "주인님"이라 부르지 않았다. 모든 동물들은 평등했다.

초여름의 어느 날, 스퀴러는 양들을 데리고 농장 한쪽 끝편 어린 자작나무들이 무성하게 자란 황무지로 데리고 갔다. 양들은 그곳에서 스퀴러의 감독을 받으며 하루 종일 나뭇잎을 뜯어먹으며 보냈다. 저녁이 되자 스퀴러는 혼자 농장 집으로 돌아갔다. 그는 양들에게 날씨가 따뜻하니 거기에 그대로 머물르라고 지시를 내렸다. 그곳에서의 외박은 일주일 만에 끝났는데, 그 동안 양들은 다른 동물들을 전혀 만나지 못했다. 스퀴러는 매일 매일 대부분의 시간을 그들과 함께 지냈다. 그는 그들에게 비밀을 요하는 새로운 노래를 가르치기 위해서라고 했다.

양들이 돌아온 직후의 일이었다. 동물들이 일을 끝내고 농장 건물로 하나 둘 돌아오고 있던 어느 상쾌한 저녁에 무시무시한 말의 울음소리가 마당에서 들렸다. 동물들은 깜짝 놀라 그 자리에서 발을 멈추었다. 이는 클로버의 울음소리이었다. 그녀가 다시 울자 동물들은 모두 뛰어서 마당으로 달려 나갔다. 그때 그들은 클로버가 본 광경을 보았다.

돼지 한 마리가 뒷다리로 걷고 있는 것이 아닌가!

그렇다, 그자는 스퀼러였다. 그 커다란 몸집은 그런 자세를 취해 본 적이 전혀 없었던 것처럼 약간 뒤뚱뒤뚱했지만 균형을 썩잘 잡아 마당을 가로질러 이리저리 걷고 있었다. 그러고 나서 잠시 후에, 농장 집 문에서 돼지들이 장사진을 이루고 걸어 나왔는데, 하나같이 뒷다리로 걷고 있었다. 어떤 자는 다른 자보다 더잘 걸었다. 몇몇은 약간 뒤뚱거려 지팡이를 짚고 다니는 것 같았다. 그러나 그들 모두가 마당 주위를 곧잘 걸어다녔다. 마침내 무시무시한 개 짖는 소리와 검은 수탉의 날카로운 울음소리가 나더니 나폴레옹이 몸소 나타났다. 위풍당당하게 꼿꼿이 서서, 좌우로 교만스런 시선을 던지며 그의 주위를 맴도는 개들을 데리고말이다.

그는 앞다리에 채찍을 들고 있었다.

죽음과 같은 침묵이 찾아왔다. 놀라고 공포에 질려 한곳에 몰려 있던 동물들은 마당을 서서히 돌며 행진하는 돼지들의 긴 행렬을 지켜보았다. 마치 세상이 홀딱 뒤집힌 것 같았다. 최초의 충격이 가라앉은 후—개에 대한 두려움이나 어떤 일이 일어나도 불평하지 않고 비관하지 않겠다는, 몇 해를 거치는 동안에 생긴 습관에도 불구하고—그들은 몇 마디 항의를 하려는 참이었다. 그런데 바로 그 순간에 신호에 따르는 것처럼 큰 소리의 외침이 일기 시작했다.

"네 다리도 좋지만 두 다리는 더욱 좋다! 네 다리도 좋지만 두다리는 더욱 좋다! 네 다리도 좋지만 두 다리는 더욱 좋다!"

그 고함 소리는 오 분 동안 계속되었다. 양들이 잠잠해졌을 즈음에 돼지들이 농장 집으로 돌아간 뒤라 항의할 기회를 놓쳤다.

벤자민은 누군가가 자기 어깨에 코를 비비는 것을 느끼고 돌아보았다. 다름 아닌 클로버였다. 그녀의 눈동자는 전보다 더 희미해 보였다. 아무런 말도 하지 않고 그녀는 그의 갈기를 끌었다. 그리고 칠계명이 씌어져 있는 큰 헛간 끝 벽으로 그를 데리고 갔다. 일, 이 분 동안 그들은 흰 글씨가 씌어진 타르를 칠한 벽을 응시하며 서 있었다.

"내 시력이 약해졌군요."

마침내 그녀는 입을 열었다.

"내가 젊었을 때에도 저기에 씌어진 글씨를 읽을 줄은 몰랐지만 말이지요. 그러나 저 벽이 아주 달라진 것처럼 보이는군요. 칠계명이 전에 씌어졌던 것과 똑같은 것인가요, 벤자민?"

벤자민은 이번만은 자신의 규율을 깨뜨리기로 마음먹었다. 그래서 벽에 씌어진 것을 그녀에게 읽어 주었다. 거기에는 단 하나의 계명 외에는 아무것도 없었다. 그것은 다음과 같았다.

모든 동물들은 평등하다
그러나 몇몇 동물들은
다른 동물보다 더욱 평등하다.

이런 일이 있고 난 다음, 농장 작업을 감독하는 돼지들이 하나

같이 앞발에 채찍을 들고 있었지만 조금도 이상하게 보이지 않았다. 돼지들이 라디오를 구입해 놓았다든가, 전화 가설을 신청해 놓았다는 얘기,《존 불》,《티트 비츠》, 게다가《데일리 미러》등의 구독 예약을 했다는 사실이 알려졌는데도 조금도 이상하게 느껴지지 않았다. 나폴레옹이 입에 파이프를 물고 농장 집 정원을 유유자적하는 것을 보아도 별로 이상하게 보이지 않았다. 아니, 돼지들이 옷장에서 존스 씨의 옷을 꺼내 입은 것도 그리 이상하게 보이지 않았다. 나폴레옹 자신이 검정 코트와 사냥 승마복을 입고 가죽 각반을 두르고 나타났을 때도, 또 그가 애지중지하는, 암퇘지가 존스 씨 부인이 일요일마다 입던 물결 무늬의 명주옷을 입고 나타날 때도 조금도 해괴하게 느껴지지 않았다.

일주일이 지난 어느 날 오후, 여러 대의 마차가 농장으로 들어왔다. 이웃 농장의 대표단이 시찰 여행을 하도록 초대받은 것이다. 그들은 농장을 두루 살펴보았다. 눈에 띄는 것 모두, 특히 풍차에 대해 대단한 찬사를 보냈다. 동물들은 순무밭에서 잡초를 뽑고 있었다. 그들은 땅에서 얼굴을 거의 들지 않고서, 돼지들과 방문해 온 인간들 중 어느 편이 더 무서운 존재인가를 의식하지도 못한 채 부지런히 일을 했다.

그날 저녁에 농장 집에서는 왁자지껄한 웃음소리와 노랫소리가 터져 나왔다. 그런데 돌연 인간과 동물의 목소리가 뒤얽혀 들려왔다. 동물들은 호기심이 생겼다. 처음으로 동물들과 인간들이 대등한 위치에서 만나고 있으니 저 안에서 무슨 일이 벌어지고 있을까? 그들은 일제히 농장 집 정원으로 조용히 기어들어갔다.

출입문에 이르자 들어가기가 약간 겁이 나서 그들은 걸음을 멈추었다. 그러자 클로버가 선두에 나서서 안으로 들어갔다. 그들은 뒤꿈치를 들고 집으로 들어갔다. 키가 큰 동물들은 식당 창문으로 안을 들여다보았다. 거기에는 둥그런 식탁이 놓여 있었다. 그 주위에 농부 여섯 명과 여섯 마리의 고위층 돼지들이 앉아 있었다. 나폴레옹은 식탁 머리의 주인석을 차지하고 있었다.

돼지들이 의자에 앉아 있는 모습은 매우 편하게 보였다. 그들은 카드 놀이를 즐기고 있었고, 지금은 축배를 들기 위해 잠시 놀이를 중단한 것이 분명했다. 커다란 주전자가 돌았고 잔은 맥주로 채워지고 있었다. 창문으로 들여다보며 이상해하고 있는 동물들의 얼굴을 아무도 주의하지 않았다.

폭스우드 농장의 필킹톤 씨가 손에 잔을 들고 일어섰다. 그는 잠시 후에 여기 있는 여러분에게 축배를 들자고 권하겠지만, 그 전에 꼭 해야 할 몇 마디가 있다고 했다.

그는 다음과 같이 말했다.

여러 해에 걸친 불신과 오해가 이제 종말을 고하게 되었다고 생각하니 자기는 크게 만족스럽다. 자신뿐만 아니라 여기에 자리한 모든 이들도 그러리라 확신한다. 그 자신이나 여기 있는 그 누구도 그런 감정을 품었던 것은 아니지만, 서로 이웃하고 있는 인간들이, 존경하는 동물 농장의 주인 여러분을 적개심이라고 말할 수는 없는 다소의 의구심을 지니고 지켜본 적이 있었다. 불행한 사건이 돌발했고, 그릇된 사고들이 만연했다. 돼지들이 소유, 경영하는 농장이 존재한다는 것이야말로 어딘지 비정상적이고 이웃들에게 불안한 영향을 미칠 수 있다고 생각되어 왔다. 상당수의 농부들은 제대로 알아보지도 않고서 이런 농장에서는 방종과 무질서한 정신이 지배적일 것이라고 추측해 버렸던 것이다. 그들은 자기의 동물들뿐만 아니라 심지어 그들이 부리는 일꾼들에게까지 그러한 영향이 끼칠까 걱정되어 신경을 곤두세워 왔다. 하지만 이러한 의구심은 모두 사라져 버렸다. 오늘 자신과 자신의 동료들이 동물 농장을 방문해서 스스로의 눈으로 구석구석을 시찰하면서 과연 무엇을 보았던가? 가장 최신의 영농 방법뿐만 아니라 도처에 있는, 모든 농부들에게 귀감이 될 규율과 질서를 보았다. 동물 농장의 하급 동물들은 이 고을의 어떤 다른 동물들보다 많은 일을 하는 반면, 식량은 적게 받고 있는 것에 감동했다. 사실 자신을 비롯한 동료 방문자들은 오늘 자신들이 경영하는 농장에 곧 도입할 만한 많은 특징을 관찰했다.

동물 농장과 그 이웃들 간에 존속해 왔고 앞으로도 존속해야 할 우의를 다시 한 번 강조하는 것으로 그는 연설을 끝마치겠다고 했다. 돼지와 인간 사이에는 어떤 형태로든 이해의 상충이 있지도 않았으며 또 있을 필요도 없었다. 그들이 지향하는 투쟁이라든가 그들이 당면한 과제는 동일한 것이었다. 노동 문제는 어디에서든 매한가지로 일어나고 있지 않은가? 필킹톤 씨는 여기까지 말하다가 미리 심사숙고하여 준비한 몇몇 재담을 좌중에 털어놓을 참이었다. 그러나 그런 이야기를 할 수 있다는 것이 너무 즐거워서 잠시 동안 말을 끊지 않을 수 없었다. 여러 겹으로 된 턱이 뻘겋게 되도록 한참 숨차 하더니 겨우 말을 꺼냈다.

"만일 여러분에게 여러분과 다투는 하층 동물들이 있다면, 우리에게도 우리와 다투는 하층 계급이 있지 않소!"

이 '재치 있는 말'은 좌중을 박장대소하게 했다. 필킹톤 씨는 다시 한 번 돼지들에게 그가 동물 농장에서 관찰한, 적은 식량 배급, 긴 작업 시간, 전반적인 방종의 결여에 대해 칭찬했다.

그런 후에 그는 모두가 자리에서 일어나 잔을 채우자고 말했다.

"신사 여러분, 건배합시다, 동물 농장의 번영을 위해!"

필킹톤 씨는 인사말을 맺었다.

열정적으로 박수를 치고 발까지 구르는 소리가 들려왔다. 나폴레옹은 너무나 흡족해서 자기 자리를 떠나 필킹톤 씨 쪽으로 돌아가 잔을 부딪친 후 술잔을 비웠다. 박수 소리가 가라앉자 나폴레옹도 역시 몇 마디 하겠노라고 했다.

다른 모든 연설에서도 그렇듯 나폴레옹의 연설은 짧고 요점만 집약한 것이었다. 그는 다음과 같이 말했다.

오해의 시기가 끝난 것을 그 또한 다행스럽게 생각한다. 자기와 자기 동료들의 형세로 보아 파괴적이요, 심지어는 혁명적인 그 무엇이 풍긴다는 소문이 오랫동안 떠돌았다. 그들이 이웃 농장의 동물들에게 반동을 선동하려고 시도했다고 믿어져 왔다. 이처럼 진실과 동떨어진 맹랑한 행동은 있을 수 없다! 그들에게 유일무

이한 소망이 있다면 지금도 또 과거에 있어서도 이웃들과 평화스럽게 살며 정상적인 거래 관계를 유지하며 지낸다는 것이다. 그는 덧붙여 그가 통치할 영광을 지닌 이 농장이야말로 협동 기업체라고 말했다. 자기 자신이 소유하고 있는 부동산 소유권 역시 돼지들의 공동 소유라는 것이다.

그는 또 말했다. 옛날의 의혹이 아직도 남아 있다고는 믿지 않는다. 그러나 이 농장에는 최근 들어 일상에 뚜렷한 변화가 일어났는데, 이 변화야말로 서로의 신뢰감을 더욱 돈독히 증진시키는 효과가 있을 것이다. 즉, 이 농장의 동물들은 서로 '동무'라 부르는 어리석은 습관을 지켜왔다. 이것은 금지될 것이다. 또 언제부터 시작되었는지 그 기원을 알 수 없는 아주 해괴한 습관이 있다. 그것은 일요일 아침마다 정원의 기둥에다 장식해 놓은 메이저의 해골 앞으로 행진하는 것이었다. 이 역시 금지될 것이며, 그 해골은 이미 땅에 묻어 버렸다. 방문객들은 게양대에서 펄럭이는 깃발을 역시 보았을 것이다. 보았다면 예전에 그려져 있었던 흰 발굽과 뿔이 이제 없어진 것을 눈치챘을 것이다. 이제부터 그것은 단순한 깃발에 불과할 것이다.

나폴레옹은 또 말했다. 필킹톤 씨의 우정어린 훌륭한 연설에 단 하나 비판할 것이 있다. 필킹톤 씨는 시종 '동물 농장'이라고 표현했다. 물론 필킹톤 씨는 '동물 동장'이란 이름이 폐지된 것을 알 수 없었다. 왜냐하면 나폴레옹, 나 자신도 이제서야 처음으로 그 말을 했기 때문이다. 앞으로는 '매너 농장'이라고 알려질 것이다. 나는 이것이 본래의 이름이라고 믿는다.

"신사 여러분."

나폴레옹은 결론을 지었다.

"나는 여러분에게 전과 똑같이, 그렇지만 다른 형식으로 건배를 하겠습니다. 잔이 찰랑찰랑하도록 술을 채우십시오. 신사 여러분, 건배합시다. '매너 농장'의 번영을 위해서!"

전과 똑같이 마음속에서 우러난 박수가 일었고 술잔을 쭉 비웠다. 그러나 밖에 있던 동물들이 그 광경을 지켜보고 있자니 그들에게 어떤 묘한 일이 일어나고 있는 것처럼 느껴졌다. 돼지들의 얼굴 표정에서 변한 것이 있으면 무엇일까? 늙은 클로버의 희미한 눈동자가 이 얼굴 저 얼굴로 옮겨 갔다. 어떤 돼지는 다섯 겹의 턱이었고, 어떤 것은 네 겹, 어떤 것은 세 겹으로 턱이 늘어져 있었다. 그러나 흐물흐물해지고 그 모습마저 달라져 보이게 만드는 것은 무엇이란 말인가? 그때 박수가 끝나고 일행은 카드를 들어 잠시 중지했던 게임을 계속했다. 그러자 동물들은 슬그머니 그곳을 빠져나갔다.

그러나 그들은 이십 야드도 못 가서 문득 걸음을 멈추었다. 아우성치는 소리가 농장 집에서 터져 나왔기 때문이었다. 그들은 뛰어가 다시 창문으로 집 안을 들여다보았다. 그렇다. 격렬한 논쟁이 한참 벌어지고 있었다. 고함을 지른다. 책상을 탕탕 친다. 격렬하게 부정하는 목소리가 나온다. 난장판이었다. 싸움의 발단은 나폴레옹과 필킹톤 씨가 동시에 각각 스페이드 에이스를 내놓

동물
농장

은 것에 기인한 것으로 밝혀졌다.

열두 명의 분노한 음성이 터져 나왔지만 그 목소리들은 모두 한결 같았다. 자, 그리고 보니 돼지들의 얼굴에 무슨 변화가 일고 있었는지 의심할 여지가 없었다. 밖에서 지켜보던 동물들의 시선은 돼지에게서 인간으로, 인간에게서 돼지로, 또다시 돼지로부터 인간에게로 왔다 갔다 분주했다. 그러나 사람이 돼지인지 돼지가 사람인지 구별하기란 이미 불가능해 보였다.

 독후감

길라잡이

어느 날 밤, 매너 농장의 동물들이 모두 모여 회의를 했습니다. 그곳에서 수퇘지 메이저 영감은 인간을 위해 모든 힘과 노력을 다해 봉사하고도 조금도 나아지지 않는 자신들의 삶을 냉정히 바라보고, 인간들이 없는 자신들만의 삶을 이루어 보자고 동물들을 설득합니다.

메이저 영감이 죽고 얼마 후, 동물들은 메이저 영감의 유언대로 농장주 존스 씨와 일꾼들을 내쫓고 자신들 스스로가 농장을 경영하기 시작합니다.

커다란 말부터 이제 갓 걷기 시작한 오리 새끼에 이르기까지 주인 의식을 갖고 농장 운영에 참여하여, 그야말로 평등 이념에 입각한 이상적 사회가 실현된 듯 보였습니다. 그런데 풍차 건설을 계기로 주동 인물들 간의 권력 투쟁이 시작되고 맙니다.

이상주의자인 돼지 스노우볼이 나폴레옹에 의해 축출된 후, 나폴레옹은 간교한 스퀴러를 자신의 대변자로 내세워 동물들을 설득하고 조작하며, 개 9마리를 내세워 농장에 공포 분위기를 조성합니다. 그야말로 완전한 독재 체제가 갖추어지게 되었죠.

나폴레옹을 비롯한 돼지들이 주류를 이루던 지배 계급은 인간이 농장에 있던 시절보다 더욱 사치스러운 생활을 누렸습니다. 그들은 존스 씨가 살던 집으로 이사해서 술을 마시고, 침대에서 자며, 옷을 입고, 심지어 동물의 적인 인간을 상대로 장사를 하기도 했습니다.

'동물 농장'은 인간이 지배하고 있었을 때보다 더욱 비참한 상황이 벌어지게 됩니다. 결국 이상적인 사회를 꿈꾸던 '봉기'의 의미는 완전히 퇴색했고, 정책마다 위협과 명분만이 동원될 뿐이었습니다.

급기야 돼지들이 인간처럼 손에 채찍을 들고 두 다리로 걷는 사태까지 다다르고, 동물들은 농장에 찾아온 인간들과 돼지들의 얼굴을 보며 누가 동물이고 누가 인간인지 혼란스러워 합니다.

독후감 길라잡이

2 작품 분석하기

《동물 농장》은 1945년에 발표된 작품으로, 1917년 2월 혁명에서 1943년의 테헤란 회담에 이르기까지 구소련의 스탈린 독재를 통렬하게 비판하고 있습니다. 이 작품은 당대 자본주의 체제에 대한 민중의 반란인 사회주의 혁명도 결국 인간을 수단으로 삼기는 마찬가지라는 날카로운 인식을 밑바탕에 깔고 있습니다. 성실하게 돼지들의 명령에 복종하며 다른 동물보다 몇 배나 열심히 일한 복서가 도살장에서 최후를 맞이하는 장면이 그 점을 잘 보여줍니다. 다시 말해 인간의 모든 혁명은 반드시 처음의 이상향과 약속을 배반하게 된다는 비관적 인식 하에 파시즘으로 변질된 사회주의를 비판하고 있는 것이죠.

매너 농장의 동물들이 '봉기'를 일으키고 안락한 삶을 꿈꾸지만 결국 지배 계급의 압제에 이용만 당하고 하나둘 그들의 소모품으로 전락하는 모습을 통해, 볼셰비키 혁명에 성공한 타락한 공산주의를 비판하고 있습니다.

이상적인 공약으로 이루어지는 모든 혁명이 처음의 그 의도가 어떠할지라도 그 안에서 또다시 부패하고 변질되어 가는 것을 강하게 경계하고 있는 작품이라 볼 수 있습니다.

┃ 시대적 배경 ┃

2차 세계 대전이 끝난 직후 세계가 미국을 중심으로 한 민주주의와 구소련을 중심으로 한 사회주의의 체제 경쟁이 한창이던 때에 발표한 소설입니다.

┃ 공간적 배경 ┃

존슨 씨가 농장의 주인으로 있는 매너 농장이 주 무대입니다.

┃ 사상적 배경 ┃

'동물 농장'의 붕괴 과정을 통해 혁명에 성공한 구소련의 부패 과정을 풍자하고 있는 이 작품은 사회주의와 체제 경쟁을 벌이던 민주 진영의 훌륭한 반공 교재로서 환영을 받기도 했습니다. 하지만 작가 조지 오웰은, 민주주의와 사회주의 중 어느 한 사상의 우위를 들기 위함이 아니라 그 사상 속에서 희생을 강요당하고 이름 없이 사라져 가는 것이 대다수의 국민임을 알리려고 이 작품을 발표했습니다.

등장인물 알기

벤자민　혁명에 대해 아무런 희망도 갖지 않는 늙은 당나귀. 농장에서 일어나는 일들을 묵묵히 관찰하는 인물로, 농장의 변질 과정을 여느 동물들보다 날카롭게 파악하는 눈을 가졌습니다.

복서　성실하고 순종적인 말로, 진정한 사회주의의 실현을 믿고 그 실현을 위해 목숨까지 바칩니다.

나폴레옹　매너 농장 유일의 버크셔종 수퇘지로, 현실적인 권력주의자입니다. 변질된 사회주의 사상을 가진 위선적 인물인 스탈린을 상징합니다.

스노우볼　이상주의자로 혁명의 숭고한 가치를 지키고자 노력하는 돼지입니다. 풍차 건설을 추진하던 중 나폴레옹에게 축출당합니다.

존스 씨 봉기가 일어나기 전의 매너 농장의 주인입니다. 동물들을 억압하고 못살게 구는 그는 곧 봉건 정치의 상징인 황제 니콜라스 2세를 상징합니다.

메이저 농장에서 오랫동안 생활하면서 산전수전 다 겪은 늙은 돼지로, 동물들에게 참된 삶을 누릴 것을 유언으로 남깁니다. 결국 그것이 '봉기'의 기폭제가 됩니다. 사회주의 이론의 창시자인 마르크스를 상징합니다.

양 떼 우매한 언론을 상징합니다. 나폴레옹의 잘못된 이념을 아무런 비판 없이 동물들에게 전파하는 역할을 합니다.

❹ 작가 들여다보기

영국의 소설가인 조지 오웰의 본명은 에릭 아더 블레어(Eric Arthur Blair)입니다. 인도 출생으로 영국인 하급 관리의 아들로 태어났죠. 1911년 수업료 감액 조건으로 사립 기숙 학교에 입학했으나, 그곳에서 상류 계급과의 심한 차별을 맛본 그는 장학생으로 이튼학교를 졸업했으나 진학을 포기하고, 미얀마 경찰관이 되었습니다. 하지만 곧 식민지의 억압 통치에 대한 반발로 사직하고 1927년 유럽으로 돌아와서 불황 속의 파리 빈민가와 런던의 부랑자 생활을 체험합니다.

　그는 처녀작 르포르타주《파리·런던의 밑바닥 생활》(1933)에 이어, 식민지 백인 관리의 잔혹상을 묘사한 소설《버마의 나날》(1934)로 인정을 받습니다. 그 후에 사회주의로 전향하게 되었으며, 1937년 말경 에스파냐로 건너가 공화제 측의 의용군에 투신해 바르셀로나 전선에서 부상을 당하기까지 합니다. 그리고 좌익 내부의 격심한 당파 싸움에 휘말렸다가 박해를 벗어나 귀국하였는데, 이 환멸의 기록이《카탈로니아 찬가》(1938)라는 작품으로 발표되었습니다.

독후감 길라잡이

　1944년 러시아 혁명과 스탈린의 배신에 바탕을 둔 정치 우화《동물 농장》으로 명성을 얻게 된 그는, 지병인 결핵으로 입원해 있던 와중에 자신의 대표작인《1984년》(1949)을 완성했습니다. 이것은 현대 사회의 전체주의적 경향이 도달하게 될 종말을 기묘하게 묘사한 미래 소설이었습니다.

　그의 공적은 주로 당대의 문제였던 계급 의식을 풍자하고 이것을 극복하는 길을 제시하였으며, 또 일찍이 스탈린 체제의 본질을 간파하고 거기서 다시 현대 사회의 밑바닥에 깔려 있는 악몽과 같은 전체주의의 풍토를 작품에 정착시킨 점에 있다고 할 수 있습니다.

　그럼 조지 오웰의 일생을 연표를 통해 살펴보겠습니다.

1903년　본명 에릭 아더 블레어(Eric Arthur Blair). 인도 벵골의

모티 하리에서 하급 관리의 아들로 태어남.

1904년   어머니를 따라 영국에서 교육을 받음.

1911년   수업료 감액 조건으로 사립 기숙 학교에 입학, 그곳에서 상류 계급과의 심한 차별감을 경험. 장학생으로 이튼학교를 졸업했으나 진학을 곧 포기함.

1922년   미얀마에서 경찰 생활을 하다가 식민 통치의 잔혹함에 실망하여 사직함.

1927년   다시 유럽으로 돌아와 불황 속의 파리 빈민가와 런던의 부랑자 생활을 실제로 체험.

1933년   처녀작 르포르타주 《파리 · 런던의 밑바닥 생활》을 발표함.

1934년   식민지 백인 관리의 잔혹상을 묘사한 소설 《버마의 나날》(1934)로 인정을 받음.

1937년   스페인 내전에 참전. 그곳의 사회주의 시민군 단체인 P.O.U.M.(마르크스주의 통일 노동당)에 가입함.

1938년   좌익 내부의 격심한 당파 싸움에 휘말렸다가 박해를 벗어나 귀국, 이 환멸의 기록을 《카탈로니아 찬가》라는 작품으로 발표함.

1945년   러시아 혁명과 스탈린의 배신에 바탕을 둔 정치 우화 《동물 농장》으로 일약 명성을 얻게 됨. 아내를 잃음.

1949년   지병인 결핵으로 입원 중, 걸작 《1984년》(1949) 완성.

1950년   1월 21일, 마흔 여섯의 나이로 심한 각혈 증세를 보이다 죽음.

5 시대와 연관짓기

조지 오웰의 《동물 농장》이 영국에서 출판된 것은 일본의 항복으로 2차 세계 대전이 끝난 1945년 8월 17일의 일이었습니다. 사실 이 작품이 발표된 당시는 미국 등을 중심으로 한 서방 우익 진영과 구소련을 중심으로 하는 좌익 진영이 대립과 마찰을 빚고 있는 상황이었습니다.

조지 오웰의 《동물 농장》은 '인간'에게 착취당하던 '동물'들이 인간을 내쫓고 자신들만의 '동물 농장'을 세운다는 정치 풍자 우화입니다.

이 소설에서는 독재자 나폴레옹이 누구를 상징하는 것이며, 그와 경쟁하다 쫓겨나는 스노우볼이 누구인지 쉽게 알 수 있도록 곳곳에 비유적 장치를 해 놓고 있습니다.

이 작품을 통해서 조지 오웰이 궁극적으로 파헤치고자 한 것은 혁명의 변질 과정이었습니다. 순수한 의도에서 시작된 혁명이라 할지라도 일단 권력욕을 가진 자의 손에 넘어가면 또 다른 압제가 시작된다는 그의 생각이 잘 나타나 있습니다.

혁명의 의도가 변질되지 않고 순수하게 이루어진다면 일반 민중들의 삶은 분명 더욱 윤택해질 것입니다.

6 작품 토론하기

1 이 작품에서 볼 수 있듯이 혁명은 언제나 실패하고, 권력이란 결국 타락할 수밖에 없는 것인지 다함께 생각해 봅시다.

➡ 조지 오웰은 민중을 위한 진정한 '민주적 사회주의'를 추구하며, 파시즘(1919년 이탈리아 무솔리니가 주장·조직한 국수주의적이고 권위주의적인 정치적 운동)으로 변질된 사회주의에 대해 맹렬히 비판함으로써 참다운 사회주의 운동의 재건을 위해 힘썼습니다.

이 작품에서 진정한 이상주의를 꿈꾸며 묵묵히 자신의 일을 했던 복서가 결국 도살장에서 죽는 모습은 진정한 혁명이란 없었음을 여실히 보여 주는 장면입니다. 또한 양 떼를 통해 비유한 우매한 언론은 권력자에 선동되어 어떤 것이 옳고 그른지도 모르며 올바르지 못한 이념을 계속 전파할 뿐입니다. 즉 민중을 통한 진정한 민주적 사회주의가 이루어지지 못한다면, 권력자와 부패한 언론에 의해 일반 민중들의 삶은 혁명 전의 삶보다 더 불행해지고 말 것입니다.

2 《동물 농장》을 통해 배울 수 있는 평등의 의미는 무엇인지 알아 봅시다.

➜《동물 농장》에 등장하는 많은 종류의 동물들은 생김새나 성격 등 모든 것들이 다릅니다. 하지만 그럼에도 불구하고 권력자로 상징되는 농장 주인에게 억압당하던 동물들은 혁명을 일으켜 같은 이상을 가지고 모두가 동등한 평등 사회를 만들려고 노력합니다. 하지만 동물 안에서조차 권력을 가진 동물이 등장하고, 그 이상적인 평등 사회는 책 속이 아닌 우리 사회에서도 역시 이루기 힘든 일임에 틀림없습니다.

비단 사회주의 사회뿐만이 아니라 자본주의 사회에서도 그런 불평등의 고통은 크기만 합니다. 잘 사는 사람과 못 사는 사람의 차이, 권력을 가진 자와 못 가진 자의 빈부의 격차와 삶의 차이는 너무나도 큽니다. 어느 사회에서나 평등이 가지고 있는 본래 의미처럼 모든 사람이 모두다 똑같이 사는 것은 불가능합니다. 하지만 우리가 인간이라는 본질 자체는 어느 누구나 동등하다고 서로가 인정하고 이해할 때 평등한 사회를 위한 출발선에 모두가 나란히 설 수 있을 것입니다.

⑦ 독후감 예시

모두가 행복한 삶을 꿈꾸며.

농민들은 오늘도 생활고에 견디다 못해 세상에 자신들의 처절한 삶을 알리려 자신들의 몸보다 소중한 논과 밭을 버려두고 도시 한가운데서 시위를 벌이고 있다. 또 다른 한쪽에서는 남아도는 돈을 주체하지 못해 외제차에 고급 옷으로 치장하며 흥청망청 유흥비로 돈을 탕진하는 부유층들이 있다. 이것은 지금 우리 사회를 살고 있는 너무나 상반된 두 가지 부류의 모습이다. 현재를 살아가는 우리에게 사회 어디에서건 이렇게 평등한 삶이란 존재하지 않고 있는 듯 보인다.

사실 조지 오웰의 《동물 농장》이란 책을 읽으며 책 속에서나마 동물들의 진정한 평등주의와 그것을 위한 혁명이 이루어질 수 있을까 기대에 가득 찼다. 책 속의 동물들은 처음에는 비참하고 고된 생활에서 벗어나고자 순수한 이념과 사상으로 '봉기'를 일으켜 자신들을 핍박하던 인간을 몰아낸다. 그렇게 인간을 몰아냄으로 해서 동물들은 새로운 사회를 만들 수 있을 거라 생각한다. 하지만 그런 동물들 내부 속에서 새로운 권력자가 생겨났고, 그들 사이의 경쟁과 권력욕 속에서 점점 처음의 이상과 사상은 사라지고 부패해가며 인간들에게 당했던 고통들이 그 배가 되어 돌아오고 만다.

책을 다 읽고 나니 역시 진정한 평등이란 이루어질 수 없는 것인가 하는 생각에 무척 안타까웠다. 아직 중학생인 나에게 책 속에서 보았던, 자신의 권력욕에 취해 다른 동물들을 핍박하고 죽이기까지 하는 나폴레옹이라는 돼지의 모습은 섬뜩하기까지 했다. 이 나폴레옹이라는 돼지가 구소련의 독재자 스탈린을 상징한다고 했는데, 내 머릿속에는 스탈린의 모습과 우리 나라 군부 독재 시절의 대통령들의 모습이 함께 떠올랐다. 내가 태어나기도 전에 일어난 일이지만 어느 시사 프로그램에서 보았던, 그들이 권력을 잡기 위해 민중들을 때리고 죽이고 언론을 선동했던 그 당시의 모습들은 동물 농장의 독재자 나폴레옹보다 더욱더 잔인한 모습이었다. 그렇게 권력을 잡기 위해 폭력을 사용하고, 공포 정치를 펼쳤던 그들은 절대 민중들의 아픔과 슬픔을 이해할 수 없었을 것이다. 몇 십 년이 지나 그들은 예전에 행해진 여러 가지 비리가 들어나고 과거의 잘못으로 역사의 심판을 받고 있지만 우리 사회에 지울 수 없는 영원한 상처를 남겨 주었다. 또한 그런 혼탁한 와중에도 기회를 잘 잡아서 부를 축적하고 권력에 기댄 자들은 사회 전반에 걸쳐서 지금도 호위호식하며 여전히 잘살아 가고 있다.

사실 지금의 자본주의 사회에서 《동물 농장》 속에서 처음에 동물들이 생각했던 이상적인 사회가 이루어진다는 것은 사막 속의 오아시스처럼 목마른 이들의 꿈 같은 이야기일 것이다. 무한 경쟁 사회인 지금의 현실에서 볼 때 모든 이들이 똑같은 수준으로 똑같이 잘 산다는 것은 불가능한 것이고, 능력 있는 사람이 무능한 사람에 비해 더 잘 사는 것은 어쩌면 당연하다고 생각한다. 하지만 인간이 가지고 있는 능력과는 상관없이 인간이라는 본질 자체가 무시당하고 업신여겨진다는 것은 문제가 있다. 아무리 사회의 힘없는 농민이나 노동자들이라도 우리 사회에서 그들을 인정하고 이해하는 아량과 관용이 필요하다고 생각한다.

자신의 권력을 잡기 위해 서로를 모함하고 짓누르려 하던 돼지들의 모습이 우리 나라를 이끌어가고 있는 정치인들의 모습이 아니길, 또 서로의 당위성을 떠나 우리 모두가 인간 존재 자체를 소중하게 생각하고 상대방을 무시하는 것이 아닌 인정하고 도와주는 사회가 되길 간절히 바란다.

독후감
제대로 쓰기

책을 읽기 전에

　우리는 책을 통해서 지식을 쌓고 학문을 연마하게 됩니다. 또한 교양을 얻고 수양을 쌓게 되지요. 그리하여 즐겁고 보람 있는 생활을 할 수 있는 것입니다. 이러한 습관이 지속된다면 이것이 곧 나의 생활 자체가 되고, 책을 읽는 시간이 얼마나 가치 있고 즐거운 시간인지 깨닫게 될 것입니다.

　독후감을 쓰기 위해서는 책을 읽어야 함은 말할 것도 없습니다. 그러나 아무 책이나 읽는다고 다 좋은 것은 아닙니다. 특히 중학생은 아직 양서를 구별할 만한 충분한 지식을 갖추지 못했기 때문에 선생님 혹은 부모님, 그리고 선배들이 권하는 책이나, 이미 국내적으로나 세계적으로 잘 알려진 명작이나 명저를 찾아 읽는 것이 바른 방법이라고 볼 수 있습니다. 예컨대 사회적으로 존경받을 만한 사람들의 일대기를 그린 위인전이나 자서전 같은 것은 읽을 가치가 있으며, 명시 모음집이나 명작 소설, 특정한 분야의 관찰기, 평론집 같은 것도 좋은 읽을거리가 될 수 있습니다.

　그럼 효율적인 독서를 위해서 유의해야 할 점을 알아볼까요?

　첫째, 본문을 읽기 전에 책의 앞부분에 있는 머리말이나 해설하는 글을 먼저 정독합니다. 그러면 책을 쓰게 된 동기나 평가 등에 대하여 잘 알 수 있게 되죠.

　둘째, 목차를 잘 살펴봅니다. 목차에서 그 책의 내용이 어떻게 전개될 것인가에 대해 미리 파악할 수 있기 때문입니다.

셋째, 본문을 읽기 시작하면, 그 중에 잘 모르는 단어나 문구가 나오기 마련입니다. 그런 것은 곧 사전을 찾아 뜻을 알아두어야 합니다. 그런 것을 무시했다가는 자칫 전체를 이해하지 못하는 오류를 범할 수 있거든요.

넷째, 각 문단별로 소주제가 무엇인지를 파악하고, 그 줄거리를 요약하는 습관을 길러야 합니다. 특히 필자가 표현하려는 것과 그 뒷받침되는 내용이 무엇인지 알아내는 것이 필수겠지요.

다섯째, 글의 배경은 무엇인지, 앞뒤 맥락이 어떻게 이어지고 있는지를 잘 생각하면서 읽어야 합니다. 그리고 소설일 경우에는 주인공과 등장인물들의 성격이나 특성을 파악해야 하지요.

여섯째, 다 읽은 다음에는 줄거리를 만들어 보고, 전체적인 주제가 무엇인지 정리하는 작업도 필요합니다.

 ## 책을 감상하는 방법

책을 읽을 때는 내용을 진지하게 파고들어 가며 읽어야 합니다. 즉 자기의 현재 생활과 비교해 가며 생각의 폭과 사고를 넓히는 것이 중요하답니다. 그리고 작품의 문체 · 제목 · 주제 · 논제 등도 염두에 두고 읽으면 독후감을 쓰기가 좀더 수월해집니다.

그리고 저자가 강조하고 있는 내용과 사건들이 현재 우리 사회에 어떤 의미를 가지고 있으며 어떻게 발전시켜 나가야 할 것인가를 생각하며 읽습니다. 더불어 저자가 작품에서 강조하려고 하는 것이 무엇인가를 파악하며 읽을 필요가 있습니다. 그렇다고 굉장한 부담을 느끼면서 책을 읽을 필요는 없습니다. 책 읽는 것 자체를 즐긴다면 그리 깊게 생각하지 않아도 작가가 말하려는 바를 깨닫게 될 테니까요.

그렇다면 각 문학 장르에 따라 어떤 점에 유념하여 책을 읽어야 하는지 알아볼까요?

▌소설▐ 작품의 주제를 파악하고 작중 인물의 성격과 배경을 생각하며 주인공이 어떻게 변화되어 가고 있는가를 염두에 두고 읽습니다. 자신의 생각이나 현실과 결부시켜 보는 것도 재미를 배가시켜 줄 거예요.

▌시▐ 선입견 없이 그대로 느낌을 받아들이며 읽습니다.

▌희곡▐ 무대 상연을 전제로 하여 쓰여진 것이기 때문에 시간적·공간적 제약을 받는다는 것을 염두에 두어야 합니다.

▌역사 소설▐ 인물·사건 등을 작가가 상상력에 의존하여 구성한 글로서, 항상 계몽사상이나 민족의식 고취 등 어떤 목적이 들어 있는지를 파악하며 읽어야 합니다.

▌역사▐ 역사는 역사 소설과는 구분지어야 합니다. 이것은 정

확한 기록으로 글쓴이의 주관적 해석이 들어 있을 수 없으며, 시간의 흐름에 따라 사건을 나열한 것임을 생각해야 합니다.

▌수필 ▌ 지은이의 인생관이 들어 있습니다. 심리적 부담감이 적으므로 편안한 마음으로 읽을 수 있습니다.

▌전기문 ▌ 인물의 정신, 자취, 시대적 배경과 사회적 환경을 먼저 파악해야 합니다.

▌과학 도서 ▌ 미지의 세계에 대한 탐구심, 합리적 사고력 배양, 지식과 정보의 입수, 창의력을 기르는 데 도움이 되므로 평소 이에 대한 흥미를 갖는 것이 중요합니다.

독후감 제대로 쓰기

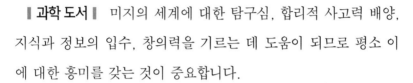

독후감이란 무엇인가?

독후감은 말 그대로 어떤 글이나 책을 읽고, 그에 대한 느낌이나 생각을 쓰는 것입니다. 좋은 책을 읽고 그것을 정리해 두지 않는다면 곧 그 내용을 잊어버려, 독서를 한 만큼의 가치를 얻지 못할 수도 있으니까요. 그러므로 한 권의 책을 읽으면 곧 그 책의 내용을 정리하고, 느낌이나 생각을 적어 두는 것이 좋습니다.

독후감은 느낌이나 생각을 거짓 없이 써야 하나, 그렇다고 아무렇게나 써도 되는 것은 아닙니다. 즉 독후감도 글이므로 수필의 형식으로 쓰든, 논술의 형식으로 쓰든, 정확하게 읽고 주제와 내용에 맞게 써야 함은 물론이죠. 아무리 좋은 글이나 책이라도, 잘 못 읽어 실제와 맞지 않는 생각이나 느낌을 쓰면 좋은 독후감이라고 할 수 없거든요. 그러므로 좋은 독후감을 쓰려면 독서를 잘해야 한다는 것이 전제됩니다. 독서를 잘하는 방법은 따로 있는 게 아니라, 그저 많이 읽다 보면 요령이 생기고, 이해도 쉽게 되며, 능률도 오르게 되는 것입니다.

 # 독후감은 왜 쓰는가?

독후감을 쓰는 목적은 독후감을 작성함으로써 독서하는 능력이 향상되고 글 쓰는 훈련을 할 수 있기 때문입니다. 그러므로 독후감을 쓰기 위해 책을 읽으면 보다 깊은 생각을 하면서 책을 읽게 됩니다. 또한 책을 통해 생활을 반성하며, 책에서 얻은 지식과 감명을 음미하여 자기 생활에 적용시킬 수 있습니다. 문장력과 논리적 사고가 향상되는 것은 물론이고요! 그럼 독후감을 왜 쓰는지 다음과 같이 정리해 볼까요?

1 읽은 책의 내용을 되살려 다시 음미해 볼 수 있습니다.

2 감동을 간직하고 책 읽는 보람을 얻을 수 있습니다.

3 책을 통해 지식을 심화시킬 수 있습니다.

4 책을 통해 자신의 문제를 연관지어 볼 수 있습니다.

⑤ 글을 써 봄으로 해서 생각을 깊이 있게 할 수 있습니다.

⑥ 독서 목표를 확실히 할 수 있습니다.

⑦ 작품에 대한 비판력과 변별력을 기를 수 있습니다.

⑧ 생각을 조리 있게 쓸 수 있는 작문력을 향상시켜 줍니다.

⑨ 사고력과 논리력, 추리력을 기를 수 있습니다.

⑩ 바르게 책을 읽는 습관을 형성할 수 있습니다.

⑤ 독후감을 쓰기 전에 생각하기

독후감은 수필의 형식이든 논술의 형식으로든 쓸 수 있다고 했는데, 사실 이 둘의 차이는 모호합니다. 다만, 수필이 자유롭게 붓 가는 대로 쓰는 것이라면 논술은 논리 정연하게 쓴다는 점이 다르다고 할 수 있습니다.

붓 가는 대로 자유롭게 수필의 형식으로 쓰는 독후감이라도 글의 앞뒤가 맞지 않는다든지, 주제가 통일되지 않으면 좋은 평가를 받을 수 없습니다. 논리 정연하게 쓰는 독후감이라면, 서론·본론·결론으로 나누어 서술해야 함은 물론이구요.

서론에 해당되는 부분에서는 그 책에 대한 소개나 쓴 사람의 생애, 또는 특기할 만한 일화 같은 것을 적는 것이 일반적입니다.

본론에 해당하는 부분에서는 그 책을 읽고 특별히 다루려는 내용을 체계적이고 구체적으로 써야 합니다.

결론에서는 본론에서 다룬 내용을 요약하거나, 자신이 읽은 후의 감상, 그 책의 좋은 점, 나쁜 점 등을 들어서 마무리를 해야 합니다.

독후감은 짧게 쓰는 것이 상례이므로, 작품 전체를 거론하기보다는 특정한 주제를 잡아서 쓰는 것이 좋습니다. 보편적으로 다룰 수 있는 몇 가지 주제를 제시해 보면 다음과 같습니다.

첫째, 작가의 의식이나 주인공의 언행, 성격과 연관지어 주제를 구현시키는 방법입니다. 문학 작품이라면 주제가 애정이나 애국, 의리나 배반일 수 있으므로 이러한 점에 초점을 두고 써야겠지요. 또한 과학에 관계된 것이라면, 그 발명의 의의나 연구자의 노력과 관련시켜 서술해야 하겠지요.

둘째, 저자의 이념이나 생애, 업적에 관심을 두고 쓰는 방법입니다.

그 작품을 통하여 알 수 있는 저자의 철학이나 사상 또는 저자가 그 작품을 남기기까지의 역경이나 작품을 쓰게 된 동기, 작품의 가치나 다른 작품에 미친 영향 등 작품과 연관시켜 쓰는 것이지요.

셋째, 작품의 내용을 중심으로 기술합니다

예컨대, 작품 속 주인공의 성격을 분석하거나 다른 사람과 비교해 볼 수도 있고, 그 작품의 사건이나 시대적 배경을 논의하거나,

작품의 구성 같은 것에 초점을 두고 이야기할 수도 있습니다.

이와 같이 작품을 읽기 전에 먼저 어떤 점에 중점을 두고 독후감을 쓸 것인가를 염두에 둔다면, 그렇지 않은 경우보다 훨씬 이해가 쉽고, 나중에 독후감을 쓰는 데도 도움이 될 것입니다.

독후감의 여러 가지 유형

1. 처음에 결론부터 쓴 다음 왜 그러한 결론이 도출되었는지 감상을 자세하게 쓰거나, 감상을 먼저 쓰고 결론을 씁니다.

2. 책을 읽게 된 동기부터 설명하고 글 중간에 자기의 감상을 씁니다.

3. 저자나 친구에 대한 편지 형식으로 감상을 쓰거나 주인공에게 대화 형식으로 씁니다.

4. 시(詩)의 형태로 감상문을 씁니다.

5. 대화문(對話文) 형식으로 씁니다.

6. 줄거리부터 요약한 다음 자기의 느낌이나 생각을 씁니다.

1 독후감을 구체적으로 쓰는 방법

어렵게 쓰겠다는 생각은 하지 말고 쉽게 써야겠다는 마음가짐을 가져야 좋은 글이 나올 수 있습니다. 그리고 무엇보다 감상문을 쓰기 전에 무엇을 어떻게 쓸까 조목별로 골자를 먼저 쓰고, 이 골자에 살을 붙이는 방법으로 쓰려고 노력해야 합니다. 이때 의도적으로 아름답게 잘 쓰려고 하지 않는 것이 좋습니다. 자, 그럼 더 자세하게 알아볼까요?

1. 먼저 제목을 붙입니다.

2. 처음 부분(머리글)을 씁니다.

   ◀▶ 책을 읽게 된 이유나 책을 대했을 때의 느낌을 씁니다.

   ◀▶ 자신의 생활 경험과 관련지어 써 봅니다.

   ◀▶ 제일 감동받은 부분을 씁니다.

   ◀▶ 지은이나 주인공을 소개하는 글을 씁니다.

3. 가운데 부분을 씁니다.

   ◀▶ 자기의 생활과 견주어 씁니다.

   ◀▶ 주인공과 나의 경우를 비교해서 씁니다.

   ◀▶ 시시비비를 분명히 가려야 합니다.

   ◀▶ 가장 극적이었던 부분을 소개합니다.

4. 끝부분을 씁니다.

   ◀▶ 자신의 느낌을 정리합니다.

◦◗ 자신의 각오를 씁니다.

독후감을 쓴 다음에는 다음과 같은 추고의 과정이 필요합니다.

첫째, 쓴 글을 다시 한 번 읽으면서 맞춤법이나 표준어 규정에 어긋나는 것은 없는지 살펴봐야 합니다.

둘째, 문장이 잘 구성되어 있는지, 또 문단이 잘 짜여져 있는지 알아보아야 합니다. 한 문단에는 소주제문과 보조문들이 있어야 하는데, 그런 점이 잘 지켜져 있는지 유의해야 합니다.

셋째, 글 전체의 구성이 잘 이루어졌는지 살펴봅니다. 예를 들어 서론에 해당하는 부분이 지나치게 길다든지, 결론에 해당하는 부분이 너무 짧다든지, 전체적인 구성이 균형을 잃고 있다면 다시 고쳐 써야 하겠지요.

우리가 시간을 들여 열심히 책을 읽고 난 후 독후감을 잘 쓰기 위해서는 책을 읽고 있는 동안의 느낌을 잊지 않고 글로써 표현할 줄 알아야 하며, 책을 읽고 가장 감명받은 부분을 기억하고 있어야 합니다. 또한 다른 사람들은 어떻게 독후감을 썼는지 남의 것을 읽어 보고, 자신의 것과 비교해 보며 자주 글을 써 보는 것이 중요합니다. 그렇게 하다 보면 자신만의 개성 있는 필치로 독특한 감상문을 쓸 수 있게 되지요. 학교에서 아무리 독후감 숙제를 내주어도 부담없이 즐거운 기분으로 끝낼 수 있을 겁니다!

🔢 그 밖에 알아두면 유익한 것들

▌독후감 쓰기 10대 원칙 ▌

1. 자신의 수준에 맞는 책을 선택합시다.

2. 독후감 쓰는 형식이 있기는 하지만 너무 거기에 구애받을 필요는 없습니다.

3. 자신이 작가라면 어떻게 글을 이끌어갈지를 생각하며 읽어 봅시다.

4. 평소 음악 평론이나 영화 평론을 많이 읽어 봅시다.

5. 읽으면서 마음에 와닿는 것이 있다면 따로 적어 둡시다.

6. 현대 사회의 문제점과 비교하면서 읽어 봅시다.

7. 모르는 것이 있으면 적어 두는 습관을 기릅시다.

8. 신문 사설이나 칼럼을 스크랩해서 필요할 때 사용합시다.

9. 요약하는 데에만 집착하지 말고 제대로 책을 읽읍시다.

10. 읽은 후에는 꼭 독후감을 직접 써 봅시다.

▌책을 읽는 10가지 방법 ▌

1. 아주 어릴 때부터 책과 친하게 지내는 습관을 기릅시다.

2. 너무 속독하려 하지 말고 담겨진 내용을 충실히 읽는 습관을 기릅시다.

3. 항상 작품이 나와 어떠한 상관 관계가 있는지 체크를 해 가

며 읽읍시다.

4. 무조건 책장을 넘길 것이 아니라 시시비비를 가려 가면서 읽읍시다.

5. 매일매일 조금씩이라도 책을 읽는 습관을 들입시다.

6. 책 속에 담긴 뜻을 음미하고 되새기면서 읽읍시다.

7. 너무 자신의 취향에 맞는 책만 읽지 말고 다양한 장르의 책을 골고루 읽도록 합시다.

8. 책 속에 담겨진 교훈을 깊이 생각하고 생활에 적용시킵시다.

9. 책에 따라 읽는 방법을 달리하는 습관을 들입시다. 모든 책이 만화책은 아니기 때문이죠.

10. 바른 자세로 앉아 눈과의 거리를 30cm 두고 밝은 곳에서 읽읍시다.

9 원고지 제대로 사용하기

▌제목 및 첫 장 쓰기 ▌

1. 제목은 석 줄을 잡아 둘째 줄 가운데에 씁니다.

2. 1행 2칸부터 글의 종별을 표시합니다. 가령 수필이면 '수필'이라고 씁니다. 간혹 글의 종별을 비워 두는 경우가 많은데 이는 적는 것을 잊었거나, 원고지 사용법에 무관심하기 때문입니다.

3. 제목을 쓸 때에는 마침표를 찍지 않고, 물음표와 느낌표는 붙이지 않는 것이 좋습니다.

4. 제목에 줄임표는 사용하지 않는 것이 상례입니다.

5. 이름은 넷째 줄 끝에 두 칸 정도를 남기고 씁니다. 특별한 경우에는 서너 칸을 남겨도 됩니다.

6. 성과 이름은 붙여 씁니다. 다만, 성과 이름을 분명히 구별할 필요가 있을 경우에는 띄어 쓸 수 있습니다. 예) 임채후(○), 남궁석(○), 남궁 석(○)

7. 본문은 여섯째 줄부터 쓰는 것이 좋습니다. 단, 특수한 작문인 경우는 넷째 줄부터 본문을 시작해도 상관없습니다.

8. 학교 이름이나 주소가 길 경우에는 세 줄로 쓸 수 있습니다.

9. 주소는 보통 표제지에 기재하고 원고지 첫 장에는 제목과 성명만 간단하게 적는 것이 상례입니다.

10. 성명의 각 글자는 시각적 효과를 위해 널찍하게 한두 칸씩 비워 써도 무방합니다.

11. 학교 앞에 지명을 기입할 때는 학교명을 모두 붙여 써서 지명과 학교명의 구분을 명확히 해 주는 것이 좋습니다.

▌첫 칸 비우기 ▌

1. 각 문단이 시작될 때는 첫 칸을 비우고 씁니다.

2. 대화체의 경우는 첫 칸을 비우고 씁니다.

3. 인용문이 길 때는 행을 따로 잡아 쓰되, 인용 부분 전체를 한 칸 들여서 씁니다.

4. 첫째, 둘째, 셋째 등으로 이야기를 전개해야 할 때는 시작할 때마다 첫 칸을 비울 수 있습니다. 단, 그 길이가 길거나 제시된 내용을 선명하게 하고자 할 때 비워 둡니다.

5. 시는 처음 두 칸 정도 줄마다 비우고 씁니다.

▌ 줄 바꾸기 ▌

1. 문단이 바뀔 때는 줄을 바꾸어 씁니다.

2. 대화는 줄을 새로 잡아 씁니다.

3. 인용문을 시작할 때는 줄을 바꾸어 씁니다. 단, 그 길이가 길 때 한해서입니다.

4. 대화나 인용문 뒤에 이어지는 지문은 글이 다시 시작되는 것이므로 한 칸을 들여 씁니다. 단, 이어 받는 말로 시작되는 지문은 첫 칸부터 씁니다.

▌ 문장 부호 및 아라비아 숫자, 영문자 ▌

1. 문장 부호는 한 칸에 하나씩 넣는 것이 원칙입니다.

2. 아라바아 숫자는 한 칸에 두 자씩 넣습니다.

3. 한자(漢字)로 쓸 때는 띄어 쓰지 않습니다. 그러나 한자와 한글이 함께 쓰이면 띄어 쓰기를 합니다.

4. 마침표(.)와 쉼표(,) 다음에는 통례상 한 칸을 비우지 않으며, 느낌표(!), 물음표(?) 다음에는 통례상 한 칸을 비웁니다.

5. 행의 첫 칸에는 문장 부호를 쓰지 않습니다. 첫 칸에 문장 부호를 써야 할 경우는 그 바로 윗줄의 마지막 칸에 글자와 함께 씁니다.

6. 영문자의 경우, 대문자는 한 칸에 한 글자, 소문자는 한 칸에 두 글자씩 넣습니다.

⑩ 문장 부호 바로 알고 쓰기

1. 마침표 : 문장을 끝마치고 찍는 문장 부호로 온점(.), 물음표(?), 느낌표(!)를 이르는 말입니다.

2. 쉼표 : 문장 중간에 찍는 반점(,) 가운뎃점(·) 쌍점(:) 빗금(/)을 이르는 말입니다.

3. 따옴표 : 대화, 인용, 특별어구를 나타낼 때 쓰는 문장 부호로 큰따옴표(" ")와 작은따옴표(' ')를 씁니다.

4. 그 밖의 문장 부호 : 물결표(~)는 '내지(얼마에서 얼마까지)'라는 뜻에 씁니다. 줄임표(……)는 할말을 줄였을 때와 말이 없음을 나타낼 때 씁니다.

ⅡⅠ 마치며

초등학교나 중학교에서는 독후감이라는 말을 사용하지만 고등학교에 가게 되면 독후감이라는 말보다는 아마 논술이라는 말을 더 많이 쓰고 더 많이 듣게 될 것입니다. 논술이란 말 그대로 어떠한 논제를 가지고 논리적으로 서술하는 것을 말하는데, 이는 하루아침에 이루어지지 않습니다. 다양한 분야의 많은 것을 폭넓고 깊이 있게 알고, 주관을 뚜렷이 할 때만이 논술을 잘 쓰게 되는 것이지요. 그러기 위해서는 중학교 시절부터 많은 책을 읽어 보고 스스로 글을 써 보는 훈련을 하는 것이 중요합니다.

실제로 고등학교에 가면 교과목 공부에도 시간이 모자라 제대로 책을 읽을 시간이 없거든요. 무엇을 알아야 글을 쓸 것이고, 자신의 주장을 피력할 것 아니겠어요? 그러니 중학생 시절부터 좋은 책을 많이 읽어 보고, 생각해 보며, 글을 써 보는 노력을 하는 것이 여러분의 미래를 더욱 밝게 해줄 것입니다. 아마 그렇게 한 사람은 그렇지 않은 사람보다 10리쯤 앞서 나가지 않을까 생각되는데 여러분 생각은 어떠세요?

독후감 제대로 쓰기

‖성 낙 수‖
한국교원대 교수, 연세대학교 졸업, 동 대학원에서 석사 · 박사 학위 받음.

‖임 현 옥‖
부여여자고등학교 교사, 공주대학교 졸업, 현재 한국교원대학교 대학원에 재학중.

‖이 승 후‖
경주 감포중학교 교사, 영남대학교 졸업, 현재 한국교원대학교 대학원에 재학중.

중학생이 보는
동물 농장

초판 1쇄 발행 2004년 11월 20일
초판 7쇄 발행 2016년 3월 31일

지 은 이 조지 오웰
옮 긴 이 김 기 혁
엮 은 이 성낙수 · 임현옥 · 이승후
펴 낸 이 신 원 영
펴 낸 곳 (주)신원문화사
책임편집 박 순 철

주   소 서울시 영등포구 당산동 121-245 신원빌딩 3층
전   화 3664—2131~4
팩   스 3664—2130

출판등록 1976년 9월 16일 제5 - 68호

＊ 잘못된 책은 바꾸어 드립니다.

ISBN 89 - 359 - 1228 - X 43840

중학생 독후감 필독선

중학생 독후감 필독선